愛經典

閱讀經典，成為更好的自己。

羅生門

芥川龍之介

林青華——譯

緣起

卡爾維諾說：「『經典』即是具影響力的作品，在我們的想像中留下痕跡，並藏在潛意識中。正因『經典』有這種影響力，我們更要撥時間閱讀，接受『經典』為我們帶來的改變。」因為經典作品具有這樣無窮的魅力，時報出版公司特別引進大星文化公司的「作家榜經典文庫」，期能為臺灣的經典閱讀提供另一選擇。

作家榜經典文庫從二〇一七年起至今，已出版超過一百本，迅速累積良好口碑，不斷榮登各大暢銷榜，總銷量突破一千萬冊，本書系的作者都經過時代淬鍊，其作品雋永，意義深遠；所選擇的譯者，多為優秀的詩人、作家，因此譯文流暢，讀來如同原創作品般通順，沒有隔閡；而且時報在臺推出時，每部作品皆以精裝裝幀，質感更佳，是讀者想要閱讀與收藏經典時的首選。

現在開始讀經典，成為更好的自己。

目次

導讀

「鬼才」芥川龍之介

「羅生門」下的人影

「某日黃昏，一個下人在羅生門下避雨。」

這是短篇小說〈羅生門〉的開篇。一九一五年，東京帝國大學三年級學生芥川龍之介把〈羅生門〉發表在《帝國文學》雜誌上。然而，沒有迴響。

百年後的今天，這篇作品已經收入日本所有中學的語文課本。「就是說受過中等教育的國民，無一例外地知道〈羅生門〉……所以將〈羅生門〉稱作日本國民耳濡目染的國民性作品之一，絕無言過其實之虞。」[1]

1 見《人品與作品》（宮坂覺著，魏大海譯），上海社會科學院出版社，二〇二一年版，四十四—四十五頁。

中國讀者對這個名字也不陌生。日本電影《羅生門》（電影結合了作者另一篇小說〈竹林中〉的情節），成為首部榮獲奧斯卡金像獎的亞洲電影，「羅生門」的典故幾乎眾人皆知。

小說的故事梗概如下：陰鬱的傍晚時分，一個被逐出家門的下人來到近於荒廢的城門樓上避雨。他擔心著自己的生存問題，同時察覺到城門樓上有動靜：原來是一名老嫗在偷拔死人的頭髮以圖利。下人上前制止，痛斥其行為。但下人轉念一想，認同了對方的觀念：失節事小，餓死事大。他剝去老嫗的衣物逃走。

時至今日，這篇小說已成經典。

據說作者喜歡修改作品，〈羅生門〉最初發表時，結尾是「下人正冒雨趕往京都行盜」；三年後收入小說集時，已經改為「誰也不知道那下人的行蹤」。

「地獄變」中的人性

一九一八年，芥川在《大阪每日新聞》上連載小說〈地獄變〉。小說描寫了一位傲岸不遜的畫師良秀，他性格狷介，受命完成一幅震撼人心的「地獄變」屏風畫。他冒昧提出：為了見識地獄之火的淩厲，請求焚燒主公的豪華座駕。

到了焚車那一天，守衛密布。大火燃起之時，風助火勢刮起簾子，車座內驚現一人，她被捆綁著，在狂暴的烈火之中痛苦掙扎。「地獄之火」前的畫師明白了：陰毒主公要懲罰他的狂妄要求，並報復他不肯順從的唯一愛女！

凜然面對烈火的藝術家威嚴有如獅子王，此刻的他作為藝術家和作為普通人都達到了極致。他殫精竭慮地將愛女的魂魄灌注到畫作的關鍵之處，獨步於自己魂牽夢繞的藝術頂點。

權威評論家正宗白鳥認為，這部獨特的藝術至上主義傑作讓人感受到作者「對藝術的激情」。

浪漫時代的作家

一九一二年，讀高三的芥川經歷了日本的改朝換代——日本由明治進入大正。

大正時代雖然只有十五年，卻被稱為日本的「黃金時代」。在當時，明治末期的專制氣息已消散，大正天皇缺少父親明治天皇的野心，社會卻顯得祥和。「一戰」遠在歐洲，使日本得以遠離戰爭漩渦。大正時代，日本經濟富裕，民眾政治意識高漲，現代學校制度建立，出版事業興旺，文化活動百花齊放。

這一時期，年輕作家輩出，創辦了大量文藝刊物。芥川龍之介和大學的文學同好創辦了第三次、第四次《新思潮》同人雜誌。在第四次《新思潮》創刊號上，他的小說〈鼻子〉受到文壇領袖夏目漱石的激賞，再次刊登於《新小說》雜誌。他因而登上文壇，後成為「新思潮派」的代表人物之一。

大學畢業後，芥川在海軍機關學校擔任特約英文教官，同時在備受矚目的《中央公論》雜誌上接連發表小說。兩年之後他打算專心寫作，辭去收入不錯的教職。他與大阪每日新聞社簽約，成為取酬不上班的社員，以按約提供作品為條件，專職寫作。

學者秦剛指出，在日本，作家通過寫作能獲得穩定的收入，正是從這一時期開始的。「出版媒體的發展，文藝創作機制的成熟，文學讀者群體的形成，為優秀作家的出現提供了充足的外部條件。」[2]

評論家認為，芥川龍之介的個人情趣和修養，是瞭解芥川文學世界的鑰匙。

芥川龍之介成長於東京工商業者居住區，繼承了該區自江戶時代以來的文人情趣。評論家加藤周一說：「作者方面的這種『遊戲』的用心，可以說是原封不動地繼承了江戶以來的文人文化的傳統吧。」[3]作品的題材和思想，都顯示了作者的這一氣質和處世態度。

〈枯野抄〉描寫俳句大師松尾芭蕉臨終時刻，送別的眾弟子各懷心思。研究者認為是反映了當時文壇領袖夏目漱石之死。

〈大石內藏助的一天〉描寫著名的「四十七浪人」為主人報仇後樂觀放鬆，主事者大石內藏助卻洞悉世事、憂心忡忡。加藤周一認為，作品是取自歌舞伎表演節目中的「四十七義士」。

〈舞會〉描寫明治維新時期在鹿鳴館的一場舞會，法國海軍軍官羅逖邂逅一名日本少女舞伴。法國人後來成了著名作家，寫了〈菊夫人〉一文。故事結構堪稱完美，內容據說取自明治初期對外開放的小故事。

秦剛認為：「即便是這類『歷史小說』，其本質是關於歷史的一種文學方式的話語敘述，這些文學話語是在大正時期的文化語境中生成出來的，它們所參與建構的其實仍然是大

2 見「日本研究之窗系列講座（文學）・第六講：芥川龍之介文學的魅力（秦剛主講）」，北京「日本文化中心」主辦。（網址：https://www.jpfbj.cn/sys/?p=5601）

3 見《日本文學史序說》（加藤周一著，葉渭渠、唐月梅譯），開明出版社，一九九五年版，四一一頁。

正時期的歷史文化。」[4]

關於芥川小說成功的奧祕，同樣是小說家的村上春樹指出：「在我看來，芥川文學的魅力首先是文筆好，行文考究。至少就作為經典留下來的第一流作品來說，其行文之美，令人百讀不厭，文氣再好不過。行文圓融無礙，如生命體一般進退自如。遣詞造句自然優美，水到渠成。若援引外國作家為例，他和史考特．費茲傑羅相似。」[5]

評論家加藤周一從文體的角度談道：「他的文章有的順隨天主教文獻的文體，有的使用文言書信文體，有的運用江戶腔調口齒鋒利罵得淋漓盡致的筆鋒，有的則駕馭現代口語式的散文，是簡潔而明快的。除了芥川之外，能夠運用如此眾多的不同文體來書寫的作家是為數不多的。」[6]

書卷堆砌人生

人生僅僅三十五年的芥川，是一位博古通今、學貫西東的現代文豪。他的散文隨筆、遊記作品，體現了他的學識、修養和襟懷。遊記、散文方面的代表作是《中國遊記》和《侏儒的話》。

一九二五年在東京出版的《中國遊記》，由五部分構成，其中〈上海遊記〉和〈江南遊記〉約占了九成，前者在旅遊當年（一九二一），後者在翌年（一九二二）的日本報紙上連載。其餘三篇時隔數年後寫成。

作者自小愛讀中國古籍，一直有訪華的願望。一九二一年他拖著病弱的身體，踏上了中國正在國際化的大上海，以及風物無數的西子湖畔，沿途有熟悉當地的日本人陪同。在他筆下，展現了二十世紀二〇年代的中國上海和江南，是「日本人眼中現代中國」的代表性文本之一。

作者對上海的「第一瞥」如何？

一方面是誇讚：「交通管理的完善，無論多麼偏心眼，到底是東京或大阪等日本大城市所不及的。」「隨著管弦樂曲聲，燈光變紅變藍，跟淺草很相似。唯獨那管弦樂的水準，淺草就大大不如了。」

---

4 見「日本研究之窗系列講座（文學）．第六講：芥川龍之介文學的魅力（秦剛主講）」，北京「日本文化中心」主辦。（網址：https://www.jpfbj.cn/sys/?p=5601）

5 見《文學自由談》二〇二一年第二期文章《村上春樹眼中的芥川龍之介》（林少華）。

6 見《日本文學史序說》（加藤周一著，葉渭渠、唐月梅譯），開明出版社，一九九五年版，四一三頁。

另一方面是批評：「看來她都得到銀幣了，卻還想讓我們打開錢包。我憐惜被這個貪婪婦人出售的美麗玫瑰花了。這個厚臉皮老婦人和白天所乘馬車的車夫——這不只限於對上海的第一瞥。遺憾的是，它同時又確實是對中國的第一瞥。」

作者觀看京戲的感受：

「說來，我到現在也忘不了：筱翠花扮演《梅龍鎮》中的酒棧少女，她每次跨越門檻，必定從黃綠色的褲子下，展示一下小鞋底。」——「小鞋底」的細節是「意外之美」。

「我就毅然決然秉筆直書吧——他頭一轉，一翻好看的衣袖（有鮮紅的銀線刺繡），瀟灑地用手往地上擤了一把鼻涕！」——後臺所見京劇大師「失態」。

《侏儒的話》是讀書隨筆，芥川的〈序〉說：「《侏儒的話》未必是傳達我的思想，只不過可窺見我時不時的思想變化。它比起一株草，或許更像一根藤蔓，而且還伸出些蔓條來。」

以下略舉數例：

「神——一切神的屬性中，最令人同情的，是身為神不能自殺。」

「福樓拜——福樓拜教我，存在『美麗的無聊』這回事。」

「莫泊桑——莫泊桑像一塊冰，不過有時也像一塊冰砂糖。」

「女人的臉——女人被熱情驅動時，不可思議地呈現少女的臉龐。不過，那也不妨是對於一把陽傘的熱情。」

「某唯物主義者的信條——『我不信神，但信神經。』」

芥川的小說擅長捕捉相通於古人與近代人之間的人性的閃光，給古人的心理作出近代的解釋；而他的學問、思想，則顯示日本在消化西歐文學方面上取得重大進展。歸根結柢，芥川文學根源於傳統，根源於書本。他是書卷氣、靈氣的化身，而不是力量、搏鬥的化身。他所介紹的法國作家阿納托爾．法朗士的話，就是他自身的寫照：

「我之知悉人生，不是與人接觸的結果——是與書接觸的結果。」

人生還不如一行波特萊爾

芥川龍之介出生七個月時，母親患精神病，不得已由舅舅芥川道章收養，後正式過繼給芥川家。

這個中產階級家庭給了龍之介溫暖和良好的文藝氛圍。龍之介受到良好的學校教育，就讀於東京帝國大學英文系。

龍之介大學一畢業即登上文壇。他嫌兼職英文教官麻煩，兩年後辭職專心寫作。他僅僅十一年的作家生涯（三十五歲自殺），被史家譽為日本文學史上「最華麗的存在」。芥川共寫作超過一百五十篇短篇小說，數量上僅次於另一位多產作家三島由紀夫。

然而，體弱多病一直折磨著這位天才作家。每遇凡俗世事、情感波瀾，他都狼狽不堪。大學畢業前，他經歷了初戀失敗。一年後，他向十六歲的姑娘塚本文求婚成功，二十八歲時長子誕生，繼而三十歲時次子誕生，三十三歲時三子誕生。

此時作家健康狀態惡化。三十五歲這一年的四月，小說〈齒輪〉脫稿，他約了平松麻素子赴帝國飯店殉情。麻素子是芥川妻子塚本文年輕時的好友，因此被妻子有所察覺而制止。但一個月後，芥川再次約麻素子計畫殉情，麻素子直接寫信告知了芥川妻子，塚本文趕到帝國飯店，救回已經服藥的作家。

作家徬徨無地，妻子則出離憤怒：「我當時產生了無以抑制的憤怒，厲聲斥責丈夫。丈夫當時向我道歉並流下了難得一見的眼淚。我的憤怒充滿鬱悶和厭惡。」

但僅僅三個月之後，一九二七年七月二十四日凌晨，作家在家中服藥身亡……

在〈追憶芥川龍之介〉一文中，妻子說道：

「丈夫死時，我曾自言自語說，到底在劫難逃。」

「鬼才」作家十年間已經油盡燈枯。芥川自盡震撼了日本，轟轟烈烈的日本大正文學，也以他的去世為標誌落下了帷幕。

一九三五年，「芥川龍之介獎」設立，這個獎項是歷來新人作家「登龍門」的最權威純文學獎。

林青華

二〇二二年六月一日

羅生門[1]

某日黃昏，一個下人在羅生門下避雨。

大門之下，除這男子之外別無他人，唯有紅漆斑駁的大圓柱上，趴著一隻蟋蟀。羅生門既位於朱雀大道，除這男子之外，本應還有兩三個戴女笠或軟烏帽的人躲雨的，然而此時，除了這男子之外空無一人。

要說為什麼，因為這兩三年來京都災難接連不斷，什麼地震呀、龍捲風呀、火災呀、飢饉呀。所以，京城裡的凋零非同一般。據古書記載，有人打碎佛像、佛具，將塗了紅漆或貼了金銀箔的木料堆在路旁，賣作柴火。京城都這副模樣了，羅生門的維護就更加沒人理會了。於是，趁其荒廢，狐狸住了進來，盜賊也住了進來，最終這羅生門甚至成了棄屍的場

---

1 羅生門，日本漢字中是「羅城門」的誤寫，指的是曾經的日本皇都所在地平安京的正門。後來日本皇室衰落，天災內亂頻發，羅城門因年久失修，成為一個殘破不堪的城門。

所。因而，天一黑，就誰都感覺厭惡，不再走近這門了。

倒是許多烏鴉聚集而來。白天可見好些烏鴉繞著高高的門樓屋脊兩端的鴟尾轉圈子飛，邊飛邊啼叫。尤其是在紅紅的晚霞時分看得更清楚，羅生門上空像撒了把芝麻似的。烏鴉當然是來啄食門上的死屍的，只不過今天可能時間已晚，一隻烏鴉都看不見。只是垮塌而長草的石臺階上，到處可見鴉糞汙漬，白白的，點點滴滴。一身深藍便服的下人在七層石臺階的最高一層坐下，摸著右臉頰上長的大粉刺，茫然地看著下雨。

作者剛才寫了「一個下人在羅生門下避雨」，但是，即便雨停了，這下人也沒什麼事可做。要是平時，理應回主人家，但他四、五天前被主人解雇了。像前面說的，當時京都城裡一片凋零，這名下人現在被長年雇用的主人解雇，其實只是這種衰落的小小餘波而已。所以，與其說「一個下人在羅生門下避雨」，毋寧說「一個被雨困住的下人無處可去，不知如何是好」更加準確。再說今天的壞天氣，也使得這名平安朝下人心情黯然。下午四時許下起來的雨，目前還沒有停止的跡象。於是，下人暫且盤算一下如何打發明天——也就是在朱雀大道的淅瀝雨聲中，漫無邊際地想想罷了。

大雨籠罩著羅生門，嘩嘩的雨聲自遠而來。黃昏夜色漸漸低垂，抬頭看，羅生門頂上斜出的屋瓦前端支撐著一片沉沉的陰雲。

既然想無可想，只好不擇手段了。想要行得端走得正，只能餓斃在泥牆下或者路旁，然後被抬上這羅生門，像死狗一樣被扔掉而已。如果不擇手段——下人的思緒在相同的地方徘徊良久之後，終於卡在此處。但是，這個「如果」，無論何時，最終也只是「如果」而已。下人儘管肯定了「不擇手段」，但對於解決這個「如果」的辦法是「只好去做賊」這件事，他卻拿不出勇氣來積極地予以肯定。

下人打了個大噴嚏，懶洋洋地站起來。京都夜寒，已是需要火盆的時節了。隨著夜色降臨，大風肆意穿梭在門上的柱子之間，趴在紅漆圓柱上的蟋蟀已消失無蹤。

下人縮縮脖子，聳起黃汗衫外套著深藍便服的肩膀，環顧羅生門四周。他想有個避人眼目、可遮風擋雨、輕鬆睡一晚的地方，好歹熬到天亮。這時，他發現了一把塗紅漆的寬梯子，可以上羅生門的上面一層。上面的話，即便有人，也都是死人。於是，下人留意著掛在腰間的木柄長刀不要掉出鞘，把一隻穿草鞋的腳踏上了那把梯子的最下面一格。

然後，就是幾分鐘之後，一名男子貓一樣縮著身子，屏息靜氣，出現在一把爬上羅生門門樓的寬梯子中段，窺探上面的情形。門樓上的火光微微映照著男子的右頰，短鬚中有一顆紅腫的粉刺。下人從一開頭就以為這上面的人都是死人。然而上了兩三格梯子看時，似乎這上面有人點著火，而且那團火光還到處移動。這從那團渾濁的黃光，搖搖晃晃映照在角落裡布滿蜘蛛巢的頂樓上，就可以明白。在這種雨夜裡，在這個羅生門之上點起火光的，絕非等閒之輩。

下人努力俯下身子，像壁虎一樣腳下不發出聲音，爬完了陡急的梯子的最上面一格。然後他盡量俯低身體，伸長脖子，膽戰心驚地窺探門樓上的情況。

確實如傳言所說，門樓裡頭隨意丟棄著幾具屍體。因為火光所及範圍比想像中狹小，不知道屍體的數目有多少。只是朦朧之中，可知其中既有赤裸的屍體，也有穿衣服的屍體，當然，應該是男屍女屍混雜著的。這些屍體全都像泥土捏的人偶一樣，硬邦邦地躺在地上，或張著嘴或伸著手，簡直讓人懷疑它們是否曾是活著的人。而且，屍體肩或胸突起的部位朦朦朧朧映照著光，凹下的部位就漆黑一片，它們沉默著，永遠不作聲。

下人不禁掩鼻，抵擋腐屍的氣味。然而，在下一瞬間，他的手竟忘記了掩鼻，因為一種強烈的感情，幾乎完全奪去了這個男人的嗅覺。

下人此時才看見有一個人蹲在屍體中間。這是一個駝背、乾瘦、像猴子似的白髮老嫗，穿著褐色衣物。那老嫗右手舉一塊點燃的松木片，死盯著一具屍體的臉看。從長頭髮這一點看，大概是一具女屍吧。

下人在六分恐懼、四分好奇之心的驅使下，暫時連呼吸也忘記了。借古書作者的話說，是感到「全身的毛都變粗了」。這時，老嫗將松木片插在地板縫裡，然後兩手按住剛才一直打量的屍體腦袋，像老猴給小猴捉蝨子那樣，開始一根一根地把長頭髮拔下來，看樣子拔得挺熟練。

隨著那頭髮一根一根被拔下，下人內心的恐懼也一點一點地消失。與此同時，他對這老嫗的強烈憎惡，也一點點累積起來——不，說「對老嫗」可能有語病，也許是對一切惡的反感，而且每分鐘都在增加。此時，如果有人把這下人剛才在羅生門下思索的，是餓死還是偷竊的問題拿出來，恐怕這個下人會毫不猶豫地選擇餓死吧。這男子嫉惡如仇之心，就如同老嫗插在地板縫的松木片，熊熊燃燒。

下人當然不明白老嫗為何要拔死人的頭髮，也就是從道理上說，他並不知道此舉的善惡歸屬。但是，對這個下人而言，在這個雨夜，在羅生門之上拔死人頭髮這件事，僅此已是不可饒恕的惡行。當然，下人早已經忘記了自己直到剛才還想去偷竊呢。

於是，下人兩腿一發力，猛地從梯子跳上樓面，然後手按刀柄，大步走到老嫗面前。不用說，老嫗嚇了一跳。

老嫗看了一眼下人，簡直就像拉弓一樣彈了起來。

「臭婆子！哪裡走？」

老嫗慌慌張張、跌跌撞撞想逃，被下人攔住去路，他嘴裡罵個不停。老嫗還是想推開下人跑掉，下人將她推回去，不讓她溜走。好一會兒，兩人在屍體中間無言地推來推去。然而，勝負一開頭便已知曉。下人最終抓住老嫗的手腕，將她反擰推倒。老嫗的手腕皮包骨，如同雞腳一般。

「你在幹什麼？快說！要是不說，這個伺候了！」

下人把老嫗一推，猛地拔刀出鞘，把白晃晃的刀刃亮在她眼前。但是，老嫗沉默不語。她兩手顫抖著，一邊聳肩喘息，一邊瞪得兩隻眼珠子幾乎掉出來，執拗地沉默著。下人這才意識到，這老嫗的生死，全由自己的意志支配了。而這種意識，不知不覺中冷卻了之前熊熊燃燒的憎惡之心，之後剩下的，就只是做一件工作，獲得圓滿結果時的心安理得和滿足而已。於是，下人俯視著老嫗，聲調略微緩和些說道：

「我不是官廳的衙役差人，是剛好路過門下的行人，所以，不會把你捆起來或者怎麼樣的。你只要對我說清楚，這個時候，你在這門樓上幹什麼就行。」

於是，老嫗瞪著的眼睛瞪得更大，直直地凝視下人的臉。那是一雙眼瞼紅紅、食肉鳥般銳利的眼睛。然而，因為皺紋，幾乎跟鼻子擠在一起的嘴唇囁動著，像在嚼什麼東西，細小的咽喉處，看得見突起的喉結在動。這時，從她咽喉透出鴉啼般的喘息聲，傳到下人的耳朵裡。

「我拔下頭髮、拔下頭髮啊……是想做假髮。」

老媼意外平凡的回答，讓下人很失望，在失望的同時，之前的憎惡和冷漠的輕蔑一起進入他心中。這時，他的神色也被對方察覺到了吧。老媼一隻手仍拿著從屍體頭上拔下的、長長的毛髮，用癩蛤蟆叫喚似的聲音支支吾吾地說道：

「拔死人頭髮，這事確是壞事，但在這裡的死人，也都是活該被這樣對待的人啊。我剛才拔頭髮的女人，她就把蛇切成四寸長，曬乾後說是魚乾，賣到守衛要塞去。要是她沒得疫病死掉，現在還在幹這種勾當。還有呢，守衛都說這女人賣的魚乾味道好，只要她的。我不覺得這事情很壞，否則她就得餓死，沒辦法呀。既然如此，我也不認為我剛才做的事情是壞事，這也是不做就得餓死、沒辦法的事啊。所以，她也明白這種無奈，大概會原諒我做的事情吧。」

老媼大致上表達了這樣的意思。

下人收刀入鞘，左手按住刀柄，冷冷地聽著。當然，他聽的時候，右手摸著臉頰上紅腫帶膿的大粉刺。不過，他聽著聽著，心中產生了一種勇氣，這正是他剛才在門下所缺乏的勇氣，並且跟剛才躍上門樓、捉住老媼的勇氣，是完全相反的。下人並不只是困惑於是餓死還是做賊。要說此時他的心中，餓死這回事已經置之度外，幾乎不會再考慮了。

「一定是吧。」

老嫗說完，下人嘲諷地加上一句。然後，他跨步上前，一把攥住老嫗領口，憤憤然說道：

「那麼，你也別怨我剝你的衣服吧。我也是不這麼做，就得餓死。」

下人迅速剝下老嫗的衣服，然後，粗暴地把抱著他的腿的老嫗踢翻在屍體上，離梯子口僅五步之遙。下人夾著奪來的褐色衣物，匆匆從陡急的梯子下到夜色之中。

之後不久，死了般躺著的老嫗，從屍體中欠起她赤裸的身體。老嫗自言自語般哼哼著，藉著仍在燃燒的火光爬到梯子口，然後垂下短短的白髮，從那裡窺探門下情形。外頭只有一片漆黑的夜晚。

誰也不知道那下人的行蹤。

大正四年（一九一五）九月

橘子

這是一個冬天的傍晚，天陰。我上了由橫須賀出發的上行列車，在二等車廂的一個角落坐下，茫然地等待發車的汽笛聲。車廂裡頭早已亮著燈，除我之外，難得地空無一人。我窺看外面，只見晦暗的月臺上，今天連送行的人都不見蹤影，實在少見，只有一隻裝在籠子裡的小狗時不時哀叫幾聲。這些景色與我當時的心境出奇地相似，無法言喻的疲勞和倦怠，簡直就像雪前陰霾的天空，把陰沉沉的影子投在我的腦子裡。我雙手穩穩插進外套口袋，就連拿出口袋裡的晚報來看的心情都沒有。

不久，發車汽笛聲響起。我感到稍微寬心一點，把頭擱在後面的窗框上，心不在焉地等著眼前的月臺開始後撤。然而，未見車動，倒是一陣尖銳的矮木屐的聲音從剪票口那邊傳過來。隨著售票員嘟囔的斥罵，我搭乘的二等車廂的門「嘎啦」一聲打開，一名十三、四歲的少女慌慌張張地進來了，與此同時，車廂沉重地搖晃了一下，列車緩緩開動起來。把月臺分作一段一段的柱子、被遺忘了似的運水車，以及對車裡某人表示感謝的紅帽子搬運工——

這一切，都在吹進車窗的煤煙之中，戀戀不捨地向後倒退。我終於放鬆下來，一邊點菸捲，一邊懶懶地撐起眼皮，瞥一眼在對面坐席坐下的女孩。

那是一個傳統的鄉下女孩，毛燥的頭髮向左右編成兩個半圓的髮髻，皸裂的雙頰紅得刺眼，留下抹臉的痕跡。一條淺綠色毛線圍巾拖到膝蓋上，膝上放著一個大大的包袱。那雙抱著包袱的手長著凍瘡，緊緊捏著三等車廂的紅色車票。我不喜歡這個女孩土土的臉，還有她髒兮兮的穿著也令人不快，最後，她笨得分不清二等車廂和三等車廂，也很可氣。所以，我點上一支菸，也算是為了忘記這個女孩的存在，就從口袋裡掏出晚報，攤在膝蓋上漫不經心地讀起來。這時，落在報紙上的車外光線突然變成了電燈光，好幾行印得不好的字意外地在我眼前鮮明地浮現出來。不用說，此刻列車駛入了橫須賀線的第一條隧道，這條線有很多隧道。

然而，流覽一下電燈光照射下的晚報，社會上盡是些平淡的瑣事，排解不了我的鬱悶。講和問題、新婚公告、瀆職事件、訃聞——進入隧道的瞬間，我產生了列車在往相反方向行駛的錯覺，我就在這種感覺下，把無聊的內容無意識地流覽了一遍。其間，我始終意識到那個女孩坐在我對面，感覺卑俗現實都寫在她臉上了。這隧道裡的列車，這個鄉下女孩以及充滿平凡報導的晚報——這不是象徵，又是什麼?不是不可解、低劣無聊的人生的象徵，又是什麼？我感到百無聊賴，拋開剛讀的晚報，又將頭靠在窗框上，死了似的閉上眼睛，開始迷迷糊糊打瞌睡。

幾分鐘之後，突然感覺有種東西驚動了我，使我不禁環顧四周。只見那女孩不知何時從對面坐席轉移到我身邊，不停地試圖打開窗戶，但她實在抬不起沉重的玻璃窗。她皸裂的臉越發脹紅，不時吸一下鼻涕的聲音跟小小的喘氣聲一起，匆匆傳入我耳中，這當然足以引發我的幾分同情了。但是，列車此刻已接近隧道口，這從暮色中只見一片枯草的兩側山腹迅速迫近車窗即可明白。但這女孩卻要打開特地關好的窗戶——我不明白她這樣做的因由。對我來說，我只能理解為純粹是女孩了的任性。所以，我冷眼旁觀那雙長著凍瘡的手千方百計要抬起玻璃窗的樣子，彷彿希望她永遠都成功不了。沒多久，列車帶著淒厲的聲音，衝進了隧道，與此同時，女孩要打開的窗戶，也終於唰地落下去了。於是，彷彿融化了煤煙的黑色空氣從這個方形洞口湧了進來，車內頓時充滿了嗆人的濃煙。我原本就咽喉不適，來不及用手帕掩面，被撲面而來的煙氣弄得狂咳不止，幾乎要喘不過氣來。但女孩根本沒有在意我，她從窗口探出頭去，任夜風吹拂半圓髮髻的頭髮，緊緊盯著列車前進的方向看。在煤煙和電燈光中看她的身影時，車窗外明亮起來了，如果不是窗外飄來帶涼意的土地氣息、枯草和水流的氣息，終於使我止住了咳嗽，我肯定會訓斥這個陌生的女孩一頓，讓她照原來的樣子把窗戶關上。

然而，列車此時已經順利通過隧道，駛向一個兩山相夾的窮村莊旁邊的平交道。在平交道附近，看得見寒磣的茅草屋頂和瓦片屋頂擁擠在一起，雜亂無章。一面灰白的旗子在暮色中慵懶地搖動著，應是看守平交道的人揮動的吧。我正想「終於出隧道了」時，只見那蕭索的平交道欄杆外，有三個臉頰紅撲撲的男孩，一個靠著一個站著。他們個子矮矮的，彷彿被陰天壓低了，而所穿衣物竟又與這村邊陰慘的景物同色。三個男孩望著列車駛過，一齊舉起手，扯著稚氣的嗓子大喊起來，但我聽不清楚他們在喊什麼。就在這一瞬間，那個半身探出窗外的女孩伸出那隻長凍瘡的手，猛地左右揮動起來，隨即可見五、六個橘子帶著令人心動的夕陽色彩從天而降，一個個飛向目送列車的孩子。我不禁屏住氣息，剎那間，我都明白了：女孩恐怕是要外出幫傭打工的，她扔下幾個帶在身上的橘子，感謝特地來平交道送行的弟弟。

暮色中的村邊平交道，小鳥般叫喊的三個孩子以及飛向他們的鮮豔的橘子顏色——這一切在列車窗外，一眨眼就過去了。但我的心頭上，痛切而清晰地烙印了這幅情景。而我又從中意識到，一種說不清道不明的開朗心情油然而生。我昂起頭，像看另一個人似的注視著那個女孩。女孩不知何時已返回我前面的坐席，仍舊將皸裂的臉頰埋在黃綠色的毛線圍巾裡，抱著大包袱的手上緊緊捏著三等車票……

這時，我才得以稍稍忘卻無法言喻的疲勞和倦怠，以及不可解的、低劣無聊的人生。

大正八年（一九一九）四月

玄鶴山房

一

這是一所大門雅致、小巧玲瓏的房子，只不過在這一帶，這樣的房子並不稀奇，但「玄鶴山房」的匾額和隔著圍牆能看見庭園草木這些方面，使它顯得比任何一所房子都要考究。

這家的主人堀越玄鶴作為一位畫家，多少有點名氣。但是，賺得家產，卻是因為他獲得了橡皮圖章的專利，或者說，家產是因為他獲得了橡皮圖章的專利之後，買賣土地得來的。實際上，他擁有的一塊郊外土地，據說連生薑都長不出來。不過，現在那裡已經變成了「文化村」[1]，排列著一所所紅瓦或綠瓦的房子……

總之，「玄鶴山房」門面講究，別致玲瓏。尤其是近來，或在靠牆邊的松樹掛上除雪的繩子，或在玄關前鋪的枯松葉上放置紫金牛的紅果子，看起來更加風雅。不僅如此，這房子所在的巷子，也幾乎沒有行人。甚至賣豆腐的走過那裡時，也把擔子擺在大街上，吹吹喇叭就過去了。

碰巧走過這家門前的長頭髮繪畫練習生，腋下夾一個細長顏料盒，對另一個同樣穿金屬扣子校服的繪畫練習生說：

「玄鶴山房——這『玄鶴』是什麼意思呢？」

「不會是『嚴格』的諧音吧？」[2]

兩人笑著，輕鬆愉快地從這家門前走過。其中一人在身後丟下了一枚「金蝙蝠」牌的菸蒂，冒出一縷細細的青煙……

二

重吉成為玄鶴家女婿前，就在銀行工作，所以，他下班回得家來，總是到了亮燈時分。這幾天來，也許是他進門早了吧，一回家就感覺有一種怪味。那是玄鶴的味道，老人因

1 文化村，此處指該區域住宅為歐式和日式折中的樣式。
2 日本漢字「玄鶴」讀音與「嚴格」相同。

少見的肺結核而臥床。當然，氣味不可能跑出門外，重吉穿一身冬天的大衣，腋下夾一個折疊式公事包，他走在玄關前的踏腳石上，沒有辦法不懷疑自己的神經。

玄鶴在另室打了床鋪，不躺著時，就靠坐在棉被上。重吉脫下大衣、摘下帽子，必定到另室打個照面，打招呼說「我回來了」、「今天感覺怎麼樣」。但是，他極少踏足另室之內。這一方面是害怕感染岳父的肺結核，另一方面是受不了岳父的味道。玄鶴每次看見他，總是只答一句「嗯嗯」或者「回來啦」。那聲音軟弱無力，與其說是說話，毋寧說更像是喘息。重吉聽了這回應，有時也對自己的不近人情有所愧疚。然而，在他而言，踏足另室似乎太嚇人。

重吉隨後來到餐廳旁，探視也臥病在床的岳母阿鳥。阿鳥在七、八年前玄鶴還沒臥床的時候就癱了，連自己上廁所也不行。玄鶴之所以娶她，除了她是大藩家老[3]的女兒之外，據說容貌也是公認的美麗。因此，雖然上了年紀，她眼角眉梢風韻猶存。然而，這位也坐在床鋪上專心縫補襪子，跟一具木乃伊區別不大。重吉對她也說了句「媽媽，今天感覺怎麼樣」，說完，他便走進六席大的餐廳去了。

妻子阿鈴如果不在餐廳，就是和信州出生的女傭阿松一起，在狹窄的廚房裡做事。對重吉來說，不用說，收拾整潔的餐廳，就算是放置文化灶[4]的廚房，也遠比岳父或岳母的住處舒適。他是當過知事的某政治家的次子，但比起豪傑型、領袖氣質的父親，他有才華，更像從前是女詩人的母親，這一點在他和藹的眼神和纖細的下頦裡也能顯示出來。重吉進了餐廳，將西服換成和服，輕鬆自在地坐到長火盆前，點上一支廉價雪茄，拿今年終於上小學的獨生子武夫說笑。

重吉總是跟阿鈴和武夫圍著矮桌吃飯，他們吃得很熱鬧。不過，近來說到「熱鬧」，又實在有點沒勁，那是因為陪護玄鶴的女護士甲野來了。即便「甲野小姐」在場，武夫也照樣吵鬧。不，或者說，正因為「甲野小姐」在，他更加淘氣。阿鈴時不時皺起眉頭，瞪著不安分的武夫。但是，武夫不解其意，故意大肆攪動碗裡的飯。重吉愛讀小說，對武夫的折騰多少有不滿，但感覺武夫的調皮屬於「男子氣」。他多半只是微笑著，默默吃飯。

「玄鶴山房」的夜晚很安靜，不用說一早就出門的武夫，重吉夫婦也大概十點鐘就就寢了。之後尚未睡下的，就只有九點前後開始值夜的女護士甲野。甲野坐在玄鶴枕畔，烤著燒得旺旺的火盆，也不大打瞌睡。玄鶴呢——他也時不時醒著，但除了「熱水袋涼了」、「溼

3 大藩家老，大藩家重臣，主管家中事宜。
4 文化灶，西式灶臺，當時的新事物往往冠以「文化」二字。

紗布乾了」之類的話，他幾乎不開口。只有庭院竹叢沙沙作響，傳到另室裡來。甲野在輕寒的寂靜中，默默看護著玄鶴，思索著種種事情：這家人各人的心思以及她自己的前途……

三

一個雪後的下午，一名二十四、五歲的女子牽著一個瘦削男孩的手，出現在堀越家那個天窗看得見藍天的廚房。重吉當然不在家，阿鈴正好在用縫紉機，她雖然多少有些預料到了，但還是有點不知所措。總而言之，她離開長火盆前，去迎接客人。客人進廚房之後，將自己的鞋子和男孩的鞋子擺好（男孩穿著白色毛衣）。僅僅從客人這個舉動，就明顯知道她感到自卑。但那也難怪，她是玄鶴公開納的小妾。阿芳原是家裡的女傭，這五、六年來，玄鶴公開將她安排在東京附近某個地方。

阿鈴見了阿芳，感到她意外地顯老，而且不單是臉。四、五年前，阿芳的手胖嘟嘟的，但歲月讓她的手瘦得都能看見靜脈了。還有她身上的東西——阿鈴從她的廉價戒指感覺到某種家道中落。

「我哥吩咐把這個給老爺的。」

進入餐廳前，阿芳將一個舊報紙包的東西悄悄放在廚房一角，這越發顯得她小心翼翼。阿松正好在洗東西，她一邊手腳俐落地做事，一邊時不時用眼角瞟新梳了銀杏葉髮髻的阿芳。阿松看了這報紙包，表情更帶惡意了：那肯定是散發惡臭的東西，跟文化灶和精美的碗碟不協調！阿芳雖然沒看阿松，卻感受到阿鈴微妙的臉色，就解釋說：「哦，這是大蒜。」然後，她對咬著指頭的孩子說：「來，少爺，快行禮！」不用說，男孩是玄鶴和阿芳生下的文太郎。阿芳喊孩子「少爺」，實在是讓阿鈴難堪，然而她的常識馬上讓她轉念覺得，這女人也是無奈的。阿鈴若無其事地給坐在餐廳一角的母子倆上現成的點心和茶等，又說說玄鶴的情況，逗逗文太郎……

玄鶴暗娶阿芳之後，不以轉搭省線電車為苦，每週必跑一兩趟妾宅。阿鈴一開頭很討厭父親這種舉動。「多少給媽媽留點面子也好吧？」——她經常這樣想。不過，阿鳥似乎全都無所謂了。但是，阿鈴因此而更加覺得母親可憐，即便父親前往妾宅，她也編些瞞不了人的謊言，對母親說「爸爸說今天有詩會」之類的。她並非不知道撒這樣的謊是白費工夫的，有時在母親臉上看見近乎冷笑的表情，又為撒謊而後悔，實際上往往是對癱瘓的母親不體諒自己的用心感覺可悲可歎。

阿鈴送父親出門之後，也時時在想家裡的事，有時甚至忘記開縫紉機。玄鶴暗娶阿芳之前，對她而言已經不是「出色的父親」。但是，她生性寬厚，並不計較，她唯一介意的，是父親連書畫骨董也大肆搬往妾宅。阿芳做女傭時，阿鈴從不覺得她是壞人，與其說阿芳為人一般，毋寧說她是一個老實的女人。但她不知道阿芳的哥哥在謀畫什麼，這個哥哥在東京近郊開了一間魚店。實際上，阿芳哥哥在她眼中，是個很會做壞事的傢伙吧。阿鈴不時抓住重吉，向他表明自己擔心的事情。但重吉不配合：「這可不能由我來對爸說。」——阿鈴見他這樣，無奈只好不吭聲了。

「莫非爸爸也覺得阿芳懂羅兩峰[5]的畫嗎？」

重吉偶爾也若無其事地對阿鳥說些這樣的話，而阿鳥總是抬起頭，苦笑道：

「那是爸爸的個性吧。他這人啊，也曾對我說：這塊硯臺如何？」

然而，時至今日來看，那種事誰都是白操心了。今年冬天以來，玄鶴突患重病，不能去妾宅了。對於重吉提出的分手條件（條件細節實際上更多是阿鳥和阿鈴擬定），對方意外順從地接受了，阿鈴所忌憚的阿芳的哥哥也同樣。阿芳得到一千圓的分手費，回上總海邊的父母家，每月可再獲寄來的若干文太郎的撫養費——阿芳的哥哥對於這樣的條件完全沒有異議。不僅如此，不用催促，他就將放在妾宅的玄鶴祕藏的煎茶茶具等等運送回家裡來。阿鈴因為之前懷疑過他，因此而對他更有好感了。

「小妹說，如果這邊人手不夠，她可以過來照看。」

阿鈴在答應這個請求之前，先跟癱瘓的母親商量。不用說，這肯定是她的失策吧。阿鳥聽了，主張馬上就讓阿芳帶著文太郎過來。阿鈴除了在乎母親的感覺，也害怕破壞了家庭氣氛，好幾次請母親重新考慮（儘管由此夾在父親玄鶴和阿芳哥哥的中間，拉不下面子拒絕對方的請求），但阿鳥卻怎麼也不願意爽快地接受她的意見。

「假如這件事我沒聽說，就另當別論——當著阿芳的面，我也不好意思說。」

阿鈴無奈答應阿芳的哥哥讓阿芳來，這也許是未經世事的阿鈴的失策。實際上，重吉從銀行下班回來，聽阿鈴說了此事，女人般柔和的眉宇間略顯不快。「人手增加肯定是好事，但先跟爸爸說一聲就好了。因為爸爸拒絕的話，你就沒有責任了。」重吉說到了這些，阿鈴好鬱悶，說了句「是啊」。然而，與玄鶴商量——跟不久於人世、對阿芳還戀戀不捨的父親商量，這種事她也肯定做不到吧。

對阿芳母子，阿鈴有過這麼一番曲折的想法。阿芳也沒有伸手烤火取暖，而是囉唆起

5 羅兩峰，即羅聘（一七三三—一七九九），字遯夫，號兩峰，清代畫家，「揚州八怪」之一，擅畫人物、佛像、山水、花果、梅、蘭、竹等，筆調奇創，別具一格。

她哥哥和文太郎的事情。跟四、五年前一樣，她發「那是」的音時，帶著鄉下口音，說成了「那廝」。阿鈴從這鄉下口音裡，能感受她的心情和無隔閡，與此同時，對隔一層拉門躺著的母親連一聲咳嗽也沒有，感覺到某種漠然的不安。

「那你能待上一週左右吧？」

「可以，只要不妨礙這裡的話。」

「但沒有替換衣服不行吧？」

「我哥說半夜就能送到了。」

阿芳這麼回應著，從懷裡取出糖，給感到無聊的文太郎。

「那我就對爸爸那麼說了。爸爸已經十分衰弱了，連近拉門一側的耳朵都生了凍瘡了。」

阿鈴離開長火盆前，隨手換了把鐵壺。

「媽媽。」

阿鳥回應了一句什麼。聲音渾濁，似乎因阿鈴喊她而剛剛醒來。

「媽媽，阿芳來了。」

阿鈴鬆了一口氣，她趕快起身離開，不去看阿芳的臉；在走過下一個房間時，再次說一句「阿芳來了」。阿鳥仍舊躺著，睡衣領口掩住了嘴巴，她望見阿鈴，僅眼睛浮現接近於微笑的神色。她回應道：「是嗎？好快呀。」阿鈴一邊清晰地從她的後背感受到阿芳來了，一邊走過面對積雪庭園的外廊，慌慌張張趕往另室。

突然從明亮的外廊進入另室，阿鈴感覺室內比實際情形還要昏暗。玄鶴剛剛坐起來，讓甲野讀報紙。他一見阿鈴，突然說出一句：「是阿芳嗎？」沙啞的聲音那麼迫切，像是在責問。阿鈴站在拉門旁，反射性的應道：「是的。」然後誰也沒出聲。

「我馬上讓她過來。」

「嗯。阿芳一個人嗎？」

「不是。」

玄鶴默默地點點頭。

「那甲野小姐，請過來一下。」

阿鈴急急小跑通過外廊，比甲野還早一步。正好有積雪的棕櫚葉上，飛起一隻鶺鴒。但是，比起這種事，她更在乎自己從另室的病人氣息中帶出來某種可怕的東西。

四

阿芳住下來以後，家庭氣氛眼看著惡劣起來，這首先是從武夫欺負文太郎開始的。文太郎這孩子比起父親玄鶴，更像母親阿芳，而且連性格軟弱這一點也像阿芳。阿鈴當然是同情這孩子的，但有時覺得文太郎似乎也太孬了。

女護士甲野從職業的角度，冷眼旁觀這種太常見的家庭悲劇——毋寧說她是在看好戲吧。她的過去黑暗得很，在與病人家主人或者醫院醫生的關係上，她不知有多少次想咽下一劑氰化鉀。這樣的過去，不知不覺在她心中種下了對他人的痛苦幸災樂禍的病態興趣。她進入堀越家時，發現癱瘓的阿鳥每次大小便後都不洗手。「這家的媳婦很機靈，拿水去都不讓人察覺。」——這樣的事情有一陣子在她多疑的心上投下了影子。但四、五天後，她就發現這完全是嬌生慣養的阿鈴的疏漏。她對這個發現有種滿足感，每次阿鳥大小便後，就用洗臉盆打水送過去。

「甲野小姐，托你的福，我能跟別人一樣洗手了。」

阿鳥雙手合十，流下了淚水。對阿鳥的歡喜，甲野根本就無所謂，但是，她很開心看到自此每三次送水，阿鈴就要負責一次。由此可見，孩子打架對她而言也不是煩心事。她對玄鶴表現出同情阿芳母子的姿態，與此同時，又對阿鳥表現出討厭阿芳母子的姿態。即便緩慢吧，這些舉動都發生了效果。

阿芳住下約一週之後，武夫又和文太郎打架了。這場打架始於爭論豬尾巴和牛尾巴誰大誰小。武夫在他的書房——玄關旁的四席半的一角，把瘦小的文太郎推倒，又打又踢。阿芳正好遇上了，抱起哭不出聲的文太郎，責備了武夫：

「少爺，不許欺負弱小者！」

那是內向的阿芳難得的帶刺的話。武夫被阿芳的氣勢嚇壞了，他自己倒哭了起來，躲進了阿鈴所在的餐廳。於是，阿鈴也火冒三丈，丟下手上的縫紉針線，拉著武夫去見阿芳母子。

「你太任性了！過來，給芳姨道歉，好好地下跪認錯！」

面對這樣說的阿鈴，阿芳只能跟文太郎一起流著淚，一再賠不是。調解人必然又是女護士甲野。甲野一邊拚命將臉色脹紅的阿鈴拖走，一邊想像著另一個人——玄鶴靜聽這場吵鬧的心情，她內心浮現出冷笑。當然，這些心思在她表面上看不出來。

然而，讓一家人不安的，絕不僅僅是孩子打架。不知不覺中，阿芳又惹起了曾心如止水的阿鳥的嫉妒。只不過，阿鳥對阿芳本人從沒說過怨恨的話（這一點與五、六年前阿芳還住在女傭房間時一樣），倒是完全無關的重吉每每中招。重吉當然不理會，阿鈴感到歉意，時不時替母親道歉。但重吉只是苦笑，常常反過來安慰她：「連你也歇斯底里就麻煩了。」

甲野對阿鳥的嫉妒引發的一連串事件也頗感興趣。不用說，她很清楚阿鳥的這種嫉妒，也很明白她對於重吉的感覺。不僅如此，她自己不知不覺中也產生了對重吉夫婦近似嫉妒的感覺。對她而言，阿鈴是「千金小姐」，重吉也——總而言之，重吉肯定是個俗人，也肯定是她所輕蔑的一個雄性。對她而言，他們的幸福幾乎都是不正當的。為了矯正這樣的不正當，她向重吉做出親暱的舉動。對於重吉而言，這也許不發生任何作用，卻是讓阿鳥暴躁的絕好機會。阿鳥露著膝蓋，惡言惡語地說：「重吉，你有我女兒——癱子的女兒還不夠嗎？」

然而，唯獨阿鈴似乎不會因此而懷疑重吉。不，實際上，她也是可憐甲野。甲野不單對這一點不滿，更是輕蔑起與人為善的阿鈴來。她樂於看見重吉躲避自己，不僅如此，還樂於看見他避開自己的同時，對自己產生了男人的好奇心。之前，即便甲野在家，他為了進廚房旁的浴室，也脫得光溜溜的。可是，近來甲野一次都沒見過他光身子。那肯定是他恥於自己拔毛公雞般的身體了。甲野看著他（臉上滿是雀斑），私下裡嘲笑：「除了阿鈴，有誰會迷上你啊？」

一個降霜的陰天早上，甲野在她房間——玄關旁三席大的房間裡，擺上了鏡子，在平時梳的大背頭之上，梳起了髮型。那天正好是阿芳回鄉的前一天。阿芳離開這個家，看來重吉夫婦是開心的，反倒是阿鳥更加煩躁了。甲野一邊梳髮型，一邊聽阿鳥粗聲粗氣地說話。她回想起朋友說的某個女人的事情。那女人住在巴黎，漸漸得了嚴重的思鄉病，幸好丈夫的朋友回國，就決定一起乘船走。漫長的航行似乎對她也不是特別的苦事。但是，船一到紀州海面，她突然就興奮莫名，最終跳進了大海。越是接近日本，思鄉病也越厲害起來——甲野靜靜擦拭手上的油，思考著這種神祕的力量：讓癱瘓的阿鳥嫉妒就不必說了，還在她身上也發揮了作用！

「媽媽，您怎麼了？爬出來這種地方。我說您呀——甲野小姐，請過來一下。」阿鈴的聲音發自接近另室的外廊。甲野聽見這個聲音時，對著清亮的鏡子擠出一絲冷笑。然後她作驚訝狀回應：「好的，我馬上就來！」

五

玄鶴漸漸衰弱下去。多年的病痛不必說了，從後背到腰部的褥瘡也讓他痛苦不堪。他時不時發出呻吟，略微轉移一下難受。但是，令他煩惱的事情，並不僅僅是肉體的痛苦。他在阿芳住下期間多少得到一些撫慰，然而代價是阿鳥的嫉妒和孩子的打架一再折磨著他。但那還算好的了。在阿芳走後，玄鶴感到可怕的孤獨，他不得不面對自己漫長的一生。

對玄鶴而言，他的一生實在是可悲的一生。沒錯，獲得了橡皮圖章專利的那時候——天天打花紙牌、喝酒那時候，絕對是他一生中的輝煌時代。但是，同輩人的嫉妒和擔心失利的焦灼一直折磨著他。加上暗娶阿芳後，除了家庭的糾紛之外，背著家人籌款也一直是沉重的負擔。而更可悲的是，他雖被年輕的阿芳所吸引，但至少這一兩年裡，他內心裡不知有多少次盼著阿芳母子去死！

「可悲？但是想想看，也並非唯獨我是這樣吧。」

他在夜裡這樣想，將親戚、朋友一一細細回憶一番。他女婿的父親單單「為了擁護憲政」，就在社會地位上，將幾個手腕不如他的敵手置於死地。還有一位跟他最熟的老骨董商人，與前妻的女兒私通。還有某律師花光了託管金，某篆刻家……然而好奇怪，他們所犯的罪，並不能讓他的痛苦有任何變化；不僅如此，反而一味使生存本身產生了更大的陰影。

「哼，這痛苦也並不長久，只要我一升天……」

這也是玄鶴僅剩的安慰。他為了轉移侵蝕他身心的種種痛苦，努力回想快樂的記憶。

然而，他的一生如前所說，過得很可悲。假如其中有那麼一點亮點，就只有不懂事時的幼年記憶了。他時常在似睡非睡之間回想起父母居住的信州某山溝裡的村莊——特別是放了石頭的木板屋頂和有蠶味的桑枝。但這記憶也不長。他時不時在呻吟之間念一下〈觀音經〉，唱幾句舊時的流行曲。在吟誦「妙音觀世音，梵音海潮音，勝彼世間音」之後，唱出「**Kapore、Kapore**」的滑稽舞曲，對他而言，感覺再好沒有了。

「睡覺是極樂，睡覺是極樂……」

玄鶴只希望沉沉睡去，以便忘卻一切。實際上，甲野除了給他安眠藥之外，還注射海洛因之類。但對他而言，入眠卻不總是安穩的，他時不時在夢中見到阿芳和文太郎。這讓夢中的他心情十分舒暢。（某夜的夢中，他還跟新花紙牌中的「櫻之二十」說話，而那位「櫻之二十」長著四、五年前阿芳的模樣。）但是，正因為這樣，醒來的他更加可悲。不知何時起，玄鶴對睡覺感到一種近乎恐懼的不安。

接近除夕的一天下午，玄鶴仰臥著，對枕畔的甲野說話：

「甲野小姐，我呀，我難得想包一下兜襠布了，你讓人去買六尺漂白棉布來吧。」

要弄到白棉布，不必特地派阿松去附近的綢緞莊買。

「我自己來包，你疊好放在這裡就好了。」

玄鶴借助於兜襠布——用來自縊的兜襠布，好不容易消磨了短短的半天。但是，對於轉個身都非要他人幫忙不可的他而言，連這樣的機會也不易得。不僅如此，臨到要死，玄鶴也是害怕的。他在昏暗的電燈光中，眺望著黃檗流的一幅行書書法掛軸，嘲笑自己時至今日仍貪生怕死。

「甲野小姐，請扶我起來一下。」

那時已經是晚上十點鐘左右。

「我呢，接下來想睡一會兒，你也去休息吧，不用客氣。」

甲野不解地盯著玄鶴，不客氣地回答道：

「不，我不會睡的。這是我的工作。」

玄鶴感到他的計畫已被甲野識破，便點點頭，什麼也不說地裝睡。甲野翻開一本放在他枕邊的女性雜誌新年特刊，用心地讀起來了。玄鶴還在想兜襠布的事，同時瞇眼偷看甲野。這時——他突然覺得好笑。

「甲野小姐。」

甲野看玄鶴的臉時，也不禁嚇了一跳。玄鶴靠在被子上，笑個沒完。

「什麼事？」

「沒事，沒什麼特別的事情……」

玄鶴仍在笑，揮動瘦削的右手示意。

「這回……什麼事這麼好笑呢……請躺下來吧。」

大約一個小時之後，玄鶴入睡了。那一晚的夢好可怕。他站在密林中，從齊腰高的拉門縫隙，窺見像是茶室的房間。裡頭有一個一絲不掛的孩子，臉朝這邊躺著，雖說是個孩子，卻皺巴巴像個老人。玄鶴想說話，卻渾身盜汗醒了……

沒有人來另室。不僅如此，周圍仍舊處在昏暗中。仍舊？但是，玄鶴看座鐘，知道時近正午。他的心一瞬間輕鬆了，明朗了；然而忽而又像平時那樣變得陰鬱起來。他仰躺著，數著自己的呼吸，心情就像有人在催促：更待何時！玄鶴悄悄抽出兜襠布，纏在脖子上，雙手用力一扯。

此時，正好武夫穿得腫腫的出現了。

「媽呀！爺爺做出那種事情了！」

武夫大叫著，衝進了餐廳。

六

約一週之後，玄鶴在家人圍繞陪伴下，因肺結核去世。他的告別式甚為盛大（只是癱瘓的阿鳥無法出席）！聚集而來的人向重吉夫婦表達哀悼，在白緞覆蓋的靈柩前上香。但出門離去時，他們大抵已經忘掉了他。不過，只有他的老朋友是例外。

「這位老先生也滿足了吧，既有年輕的小妾，而且還小有積蓄吧。」他們異口同聲地說著。

載有靈柩的殯儀馬車跟著另一輛馬車，跑過臘月陽光下的市鎮，前往某個火葬場。坐在後面那輛顯舊馬車上的是重吉和他的堂弟。他的大學生堂弟很在乎馬車的搖晃，不大跟重吉說話，而專注地讀一本小開本的書，那是李卜克內西[6]的《追憶錄》英譯本。重吉因為守夜疲倦而迷迷糊糊地打起瞌睡，他看著車窗外的新開町，無心地自言自語：「這一帶完全變了！」

兩輛馬車跑過冰霜融化的道路，抵達火葬場。但是，儘管事前打了電話預約，說是一等焚燒爐已經排滿，只有二等的可用。在他們看來都可以的，但重吉與其說為岳父著想，毋寧是考慮阿鈴的感受，便透過半月形的窗口，努力與辦事員交涉：「病人是被耽擱了救治去世的，所以親人衷心希望火化時能以一等的待遇……」還撒了這麼個謊。結果效果比他預期還好的樣子。

「那這樣吧，因為一等已經排滿，就按一等的收費，用特等爐火化吧。」

重吉有幾分歉意，一再感謝辦事員。辦事員是一位戴黃銅眼鏡框的和善老人。

「哪裡，不必客氣。」

他們封好了焚燒爐後，上了有點殘舊的馬車，就要出火葬場的門離去。這時，他們意外地發現，阿芳一個人站在磚牆前，目送他們的馬車。重吉有點狼狽，想抬抬帽子還禮。但是，搭乘他們的馬車此時已經拐彎，奔馳在光禿禿的白楊樹道路上。

「是她呀？」

「嗯……我們來的時候，她已經在那裡了嗎？」

「不知道，當時覺得那裡只有乞丐而已……那女人接下來要幹什麼呢？」

重吉點上一支「敷島」牌香菸，盡量冷淡地回答道：

「嗯，會怎樣呢……」

6　威廉·李卜克內西（一八二六—一九〇〇），社會主義者，德國社會民主黨創始人之一。

他的堂弟沉默著，他在想像中勾畫出一個上總海邊的打魚小鎮，以及住在鎮上的阿芳母子。他突然嚴肅起來，在不知何時照進來的陽光中，再次讀起那本李卜克內西。

昭和二年（一九二七）一月

舞會

一

明治十九年（一八八六）十一月三日夜，十七歲的名門閨秀明子和她謝頂的父親一起，踏上了鹿鳴館[1]的臺階，參加今晚的舞會。明亮的瓦斯燈照亮寬闊的臺階，臺階兩側是三排菊籬，菊花大得令人難以置信。最後面一排的菊花是淺紅色的，中間的是深黃色，最前面的花瓣雪白如流蘇。菊籬盡頭處，歡快的管弦樂聲已從臺階之上的舞室撲面而來，就如同難以抑制的幸福歎息。

明子早就在接受法語和西方舞蹈教育，但正式下場跳舞，今晚卻是有生以來頭一回。所以她即便在馬車上，對時不時跟她說話的父親，也只是心不在焉地應付著。在她心中懸著

1 鹿鳴館，一八八三年建成，二層西式建築，位於東京千代田區，是日本西化的象徵性建築物。

愉快的不安，不能踏實。馬車在鹿鳴館前停下之前，她一再抬起焦灼的目光，凝視著窗外流動的東京城裡稀落的燈火。

但進館後不久就遇到的一件事，讓她忘記了不安。是這麼回事：上了一半臺階，兩人追上了前面的中國大官。這時，官員挪開肥胖的身軀，讓兩人先走，與此同時，他驚愕的視線投向明子。純真無邪的玫瑰色舞服、掛在優雅頸脖上的淺藍絲帶，以及插在濃髮上的一朵芬芳的玫瑰花——實際上，明子那一夜的姿態，在這位垂長辮子的中國大官眼裡，完美地展示了文明開化的日本少女之美。隨即又有一位年輕日本人匆匆走下樓梯，中途兩人擦身而過，年輕人反射性地回頭，向明子的背影投去驚愕似的一瞥。隨即，他像是想起了什麼似的，摸摸白色領帶，便又匆匆走去大門口了。

兩人上完臺階時，在二樓舞會入口處，早有一位蓄半白鬢鬚、胸間佩幾枚勛章的東道主伯爵，和他路易十五時期打扮的老伯爵夫人一起，隆重地迎接前來的客人。明子並沒有漏看，這位伯爵看見她的模樣時，狡獪的老臉上一瞬間真實地掠過驚歎之色。明子的老好人父親帶著開心的微笑，簡單地向伯爵和他的夫人介紹了女兒。她害羞地回味著剛剛的情景，感到春風得意。就這麼一瞬間，她還留心到高傲的伯爵夫人臉上，有那麼一絲俗氣。

舞場處處都放著盛開的菊花，而處處又都是等待邀舞的女士的蕾絲手帕、鮮花和象牙扇子，在怡人的香水味中，如同無聲的波浪翻動。明子立即和父親分開，融入一群衣著華麗的女子中。這些人都是同齡少女，身穿淺藍色或者玫瑰色舞服。她們迎入她，隨即像小鳥似的嘰嘰喳喳，口口聲聲誇她今晚的樣子好美。

她一進入夥伴之中，一名陌生的法國海軍軍官就靜靜地走近來。他垂下雙手，鄭重地作日式的寒暄。明子意識到臉頰微微發燙。然而，這鞠躬意味著什麼，則不問自明。所以，她回頭望望站在身邊的、穿淺藍色舞服的女孩，她手中的扇子需要請人幫忙拿著。與此同時，那名法國海軍軍官略微一笑，令人意外地用帶法國口音的日語，清清楚楚地對她說道：

「可以請你跳支舞嗎？」

很快，明子就和那位法國海軍軍官跳起了華爾滋《藍色多瑙河》。這位軍官舞伴是個五官輪廓鮮明、有濃密髭鬚的男子，飽經日曬。她想把戴長手套的手放在對方的軍服左肩上，但個子太矮了。海軍軍官習慣這場面，巧妙地配合她，在眾人之中輕移舞步，還時不時在她耳畔小聲說幾句法語的奉承話，令人開心。

她以羞澀的微笑回報那些親切的話語，還不時將目光投向他們正在起舞的舞場周圍。印有皇室紋章的紫色縐綢幔帳、清國的蒼龍國旗，在它的下面，是一瓶瓶菊花，或展現輕快的銀色，或流露陰鬱的金色，在人潮中時隱時現。人潮起起伏伏，在香檳酒般噴湧的德國管弦樂輝煌旋律的鼓動之下，令人眼花撩亂的舞姿一時還停不下來。明子和一個正跳著舞的夥伴目光相遇，彼此匆匆愉快地頷首致意。就在那一瞬間，另一對舞者就像一隻瘋狂的大蛾子，不知從何處跑了出來。

在那期間，明子也明白法國海軍軍官舞伴在留意著她的一舉一動。這說明了對日本完全陌生的外國人，對她愉快起舞的模樣深感興趣。如此美麗的千金小姐，也是人偶般住在紙糊竹編的房子裡嗎？是用細細的金屬筷子從巴掌大的青花碗裡夾起米粒進食嗎？——諸如此類的疑問，已經和迷人的微笑一起在他眼中一再呈現。對於明子而言，他的態度既好笑，又讓她感到自豪。所以，每當對應的視線落下來，她別致的玫瑰色舞鞋就更加輕盈地在光滑的地板上滑行。

不久，軍官舞伴察覺小貓似的千金小姐似乎累了，就留意起來，關切地問道：

「還繼續跳嗎？」

「不了，謝謝。」

明子喘息著，明確地答道。

於是，那位法國海軍軍官繼續跳著華爾滋舞步，穿行在前後左右翻動的蕾絲手帕和鮮花波浪中，輕鬆地領著她前往牆邊菊花花瓶處。在最後一個旋轉之後，恰到好處地讓她在椅子坐下，然後他挺了挺穿著軍服的胸脯，和之前一樣，恭恭敬敬地鞠躬。

之後又跳過波爾卡和馬祖卡之後，明子和這位法國海軍軍官挽著手穿過白、黃、紅三重菊籬，走到臺階下的大房間裡。

在這裡，燕尾服和白皙肩膀頻繁往來，幾張淨是銀餐具和玻璃餐具的餐桌上，或壘起肉食和松露，或聳立著三明治和冰淇淋塔，又或者是石榴和無花果堆起的三角塔。尤其是沒被菊花完全淹沒的一面牆上，有美麗的金色格子，青青的假葡萄蔓藤交纏其上。在那些葡萄葉子之間，蜂巢般的一串串紫葡萄纍纍下墜。明子在這金色格子前遇上了她謝頂的父親，他和同輩的紳士坐在一起，叼著雪茄。父親看見明子的身影，滿意地微微點了一下頭，然後又轉向他的同伴，繼續吞雲吐霧。

法國海軍軍官和明子來到一張餐桌前，一起取了冰淇淋匙子。她察覺在此期間，對方的眼神也時時落在她的手、頭髮和掛著淺藍色絲帶的頸脖上。對她來說，這當然不是不快之事。某一剎那間，她也不由得掠過一絲女人的疑惑。於是，在兩位身穿黑色天鵝絨、胸佩紅茶花，看似德國人的年輕女子從旁邊通過時，她因為這個疑惑閃現，發出了這樣的感歎：

「西洋女子真是太美了。」

海軍軍官聽了這話，令人意外地認真搖頭否定：

「日本女人也很美，尤其您這樣——」

「才不是呢。」

「不，這不是恭維話。您這樣子就能出席巴黎的舞會，那麼一來您會哄動全場的，因為您就像華鐸[2]畫裡的公主一樣。」

明子不知道華鐸。所以，海軍軍官的話所喚起的美好的往日幻象——幽暗的林中噴泉和即將凋零的玫瑰，瞬間之後也必然消失無蹤。她敏感過人，一邊用匙子吃冰淇淋，一邊不忘抓住另一個遺留的話題。

「我也想去看看巴黎的舞會。」

「不必，巴黎的舞會跟這裡是一樣的。」

海軍軍官一邊這樣說，一邊環顧圍繞餐桌的人潮和菊花，他臉上突然掠過一絲諷刺的微笑。他停下匙子，半自言自語地補充道：

「不僅是巴黎，舞會在哪裡都是那個樣子。」

一個小時之後，明子和法國海軍軍官仍舊挽著手臂，和許多日本人、外國人一起，站在舞場外觀賞星光如月的露臺。

隔著欄杆，露臺的對面是滿園針葉樹，樹枝交錯，樹梢處隱約可見燈籠的點點紅光。

而且清冷的空氣之下，從下面庭院升上來的苔蘚和落葉的味道，飄蕩著寂寞之秋的氣息。在身後的舞場，在十六瓣菊花紋章的紫色縐綢帷帳下，蕾絲手帕和鮮花的波浪不停歇地湧動著，音調高亢的管弦樂旋風依舊毫不留情地鞭策著人海。

這個露臺當然也處於不絕於耳的歡聲笑語中。到了針葉樹上空炸開美麗的焰火時，幾乎所有人都異口同聲地發出歡呼。站在其中的明子從剛才起，也與那裡友善的女孩輕鬆聊天。但過一會兒再看，她見那位法國海軍軍官雖由她挽著手，卻默默凝視著庭院上方星光燦爛的夜空。在明子看來，他是被勾起了鄉愁吧。於是，明子悄悄仰望著他的臉，帶一點撒嬌的語氣問道：

「您在想念家鄉吧？」

這時，海軍軍官依舊面含微笑，靜靜轉向明子，他以孩子氣的搖頭代替回答「不」。

「不過，我覺得您在想事情。」

「猜猜我在想什麼？」

此時，聚集於露臺的人群中間又爆發出一陣喧嘩。明子和海軍軍官不約而同停止說

2　華鐸，即尚―安托萬·華鐸（一六八四―一七二一），法國十八世紀畫家，擅長畫貴族男女遊玩題材。

話，望向籠罩著庭院針葉樹的夜空。那裡正好升起一朵紅藍色焰火，呈放射狀閃亮於黑暗之中，隨即熄滅。明子莫名地感到那支焰火美得令人銷魂。

「我在想焰火，如同我們生命的焰火。」

過了一會兒，法國海軍軍官親切地俯視著明子的臉，用指點的腔調說道。

二

大正七年（一九一八）的秋天，當年的明子前往鎌倉的別墅途中，在列車上偶遇有一面之緣的某青年小說家。當時，青年把贈送鎌倉友人的菊花花束放在行李架上。於是，當年的明子——如今的H老夫人就說，每次看見菊花，都會想起一件事。她對青年詳細講述了當年鹿鳴館舞會的回憶。青年聽了當事人這番親述，不由得產生極大興趣。

故事結束時，青年不經意地問H老夫人：

「夫人知道那位法國海軍軍官的名字嗎？」

「我當然知道。是叫朱利安·維奧的先生。」

「那麼，他就是羅逖[3]了。也就是那位寫作《菊夫人》的皮耶·羅逖了。」

青年感到很興奮，但H老夫人不解地望著他的臉，一再嘟囔著：
「不，他不叫羅逖呀。是叫朱利安．維奧的先生哩。」

大正八年（一九一九）十二月

3 皮耶．羅逖（一八五〇—一九二三），法國小說家，本名朱利安．維奧。曾作為海軍軍官周遊世界，閱歷豐富，作品富於異國情調。一八八五年訪日時曾參加鹿鳴館的派對。作品《菊夫人》後被改編為著名歌劇《蝴蝶夫人》。

斗車

小田原與熱海之間鋪設的輕便鐵路，工程始於良平八歲那年。良平每天到村頭工地觀看。所謂工程，也就是用斗車運輸土方而已，他覺得有趣，天天去看。

斗車上有挖土工兩人，站在土堆後面。因為是下山，斗車不必用人力推。載土斗車橫衝直撞，挖土工衣裾飄飄，小小軌道左拐右拐——良平打量著這番風景，想過當一名挖土工。也巴望好歹有那麼一回，和挖土工一起掌控斗車。斗車來到村邊平地，自然地停下。與此同時，挖土工一躍下車，將車上的泥土傾倒在軌道終點。然後他們推著斗車，開始往之前來的山上走。良平心想，即便搭乘不了斗車，幫忙推車也好。

一天傍晚——那是二月的上旬，良平和小兩歲的弟弟以及一個和弟弟同齡的鄰居孩子一起，前往放置斗車的村頭。斗車沾滿泥土，在暮色中排列著。他們四下裡張望，不見挖土工的身影。三個孩子膽戰心驚地去推最旁邊的斗車，當三人一齊用力時，車輪突然「咕嚕」地轉動起來。良平被這聲音嚇了一跳。但是，車輪第二次響時已經嚇不了他。咕嚕、咕嚕

——斗車伴隨著這樣的聲音，在三人的推動下，在軌道上緩緩前行。

前進了近二十公尺，軌道的坡道變陡了。以三個人的力氣，怎麼推都推不動了。得想想辦法，讓斗車滑行返回去。良平想好了，對比他小的兩人打個手勢：

「喂，上車！」

他們一齊鬆手，跳上斗車。斗車最初緩緩移動，然後眼看著一口氣直衝下軌道。迎面的風景一下子彷彿分成了兩邊，迅猛展現在眼前。薄暮中的風刮在臉上，腳底下是跳動而搖晃的斗車——良平欣喜若狂。

然而兩三分鐘後，斗車停在原來的地方。

「來，再推一次！」

良平跟兩個比他小的孩子一起，又推起了斗車。但還沒等輪子動起來，身後就傳來了腳步聲。不僅如此，沒等他們反應過來，就響起了一聲怒吼：

「臭小子！誰說可以動斗車的？」

一個高個子挖土工站在那裡，他頭戴一頂不合時宜的麥秸草帽，身穿舊號坎——等看清楚是這麼一個人，良平和兩個比他小的孩子一起，已經逃出了十公尺之外。

自此之後，良平辦事後回家，即便看見無人工地上的斗車，再沒想過去乘坐一下。唯有當時那個挖土工的身影，至今還在良平頭腦的某個角落留有清晰的記憶。薄暮中的一頂小小的黃色麥秸草帽。然而，就連這些記憶，也在每年暗淡褪色。

之後過了十餘天，良平又獨自一人佇立在過午的工地，眺望著斗車出現。這時，除了運載泥土的斗車之外，還有一臺運載枕木的斗車，從主線的寬軌軌道過來。推這臺斗車的兩人都是年輕小夥子。自從看見他們，良平就覺得兩人很好接近。「這兩個應該不會罵人。」——他想著，跑到斗車旁邊。

「叔叔，我幫忙推好嗎？」

其中一人——穿條紋襯衫的男子低頭推著斗車，果然爽快地回答道：

「好啊，來推吧。」

良平加入兩人之間，開始用力推。

「你很有力氣啊！」

另外一人——耳朵夾了香菸的男子也誇良平。

不久，軌道的坡度漸漸變得平緩了。「可以不推了。」良平心裡希望人家這麼說。但兩位年輕挖土工比之前更挺起腰，繼續默默推車。良平終於忍不住了，他怯怯地問道：

「我能一直這麼推嗎？」

「可以啊。」

兩人同時回答道。良平心想：「好和善的人。」

又推了五、六百公尺，軌道的坡度再次變陡起來。兩邊橘子田裡，一個個黃澄澄的果子映照著陽光。

「上坡路好，我就可以一直推了。」良平邊想邊用全身的力氣推斗車。

推過了橘子田，軌道突然成了下坡路。穿條紋襯衫的男子對良平說道：「嘿，上車！」良平馬上一躍上了車。在三人跳上斗車的同時，斗車已衝過橘子田，沿軌道滑行。「乘車比推車棒多了！」良平讓風吹起短外套，理所當然地想。「去時推得多，回來時就乘得多。」他又想道。

來到竹叢的地方，滑行的斗車慢慢停了。三人又像之前那樣，開始推沉重的斗車。竹叢不知何時變成了雜樹林，緩緩上坡的地方，也有落葉積聚、幾乎看不到生鏽軌道之處。好不容易過完這段路，這時，高高山崖的對面，呈現一片寬闊、輕寒的大海。與此同時，良平腦子裡突然清晰地意識到，已經離家太遠了。

三人又乘上斗車。斗車滑行在雜樹枝杈下，右邊是海。但是，良平已不像剛才那麼興致勃勃了，他念叨著：「現在回頭就好了。」當然他也很明白，不抵達目的地的話，不管是斗車還是他們，都不能回頭。

斗車第二次停下的地方，是一家稻草葺頂的茶館前，它背後是一座削平的山。兩名挖土工進了那店，面對身背著吃奶嬰兒的老闆娘，悠然喝起茶來。良平獨自著急不已，轉了一圈察看斗車。斗車結實的底盤板上，濺起的泥漿已經乾了。

過了一會兒，耳朵夾菸捲（此時菸捲已沒有了）的男子走出茶館時，把報紙包的小零嘴給了斗車旁的良平。良平冷淡地說：「謝謝。」但他馬上又覺得不該冷淡對待人家，像要彌補冷淡的不是，他放了一塊點心到嘴裡。點心上帶了點報紙特有的油墨氣味。

三人推著斗車上了緩緩的斜坡。良平推著斗車，心不在焉。

下了那個斜坡，又有一家同樣的茶館。挖土工進茶館後，良平在斗車上坐下來，一心只想著返回的事。茶館前開花的梅樹上，夕陽餘暉正在消逝。「天要黑了。」他這麼一想，坐立不安起來。他試著踢一下斗車的輪子，明知一個人推不動也想試試推車子——他這樣發洩一下情緒。

可是，那兩個挖土工出來後，手扶著斗車上的枕木，漫不經心地對他說：

「你該回去了。我們今天在對面過夜。」

「太晚回去，你家裡人會擔心吧？」

良平一下子目瞪口呆。他一瞬間明白了：天快黑了。自己去年去過暮母和岩村，但今天的路程是那時的三、四倍。從現在起，必須自己一個人走回去了。良平差點哭了出來，但他覺得哭也沒用，也不是哭的時候。他生硬地向兩個年輕挖土工鞠個躬，轉身沿軌道急急跑起來。

好一會兒，良平忘乎所以地奔跑在軌道旁。跑著跑著，他發現懷裡的點心包礙事，便把它扔在路旁，順手脫下木底草鞋扔掉。這時又覺得薄薄的短布襪進了沙，光腳就輕快多了。他感覺著左邊的海，猛衝上斜坡。他不時熱淚盈眶，臉頰扭曲——即便強忍住了，鼻子卻不停地咕嚕咕嚕響。

跑過了竹叢邊，日金山的天空上，晚霞餘暉正在消失，良平越發忐忑不安。來回的感覺不一樣，景色的差異也令他不安。這時，被汗水滲透的衣物也成了累贅，他拚命奔跑著，脫下短外套扔在路邊。

來到橘子田的時候，四周已經一片昏暗。「只要能活下來——」良平心裡想著，踉踉蹌蹌往前跑。

昏暗中終於遠遠望見村頭工地時，良平想放聲痛哭一場。雖然他是哭了，但終於止住哭泣，繼續奔跑。

他進了村子，路兩旁的人家都已亮燈。在這電燈光亮中，良平很清楚，自己的腦袋熱氣騰騰。正在井邊打水的女人和從田裡歸來的男人看見良平狂喘的樣子，都發聲問他：「喂，你怎麼了？」但他沉默著，跑過一間間明亮的屋子前：雜貨店、理髮店……

衝進家門時，良平終於號啕大哭起來，他的哭聲引來了父親和母親。尤其是母親，她一邊說話，一邊抱著他。良平手腳掙扎著，繼續抽抽搭搭地哭。因為哭聲淒慘吧，附近的三、四個女人聚集到有點昏暗的門口來。不用說父母，這些人也都異口同聲問他哭的原因。但是，無論人家問什麼，他除了大哭，別無說法。回首無盡的奔跑、一路上的膽戰心驚，他覺得痛哭一場也不過分……

良平二十六歲那年，與妻子兒女一起來東京，此刻正在某雜誌社的二樓，手握校對的紅筆。但不知何故，也完全沒有理由，他時不時就回想起那時的自己。完全沒有理由……倦於世務的他面前，此刻也和那時一樣，有一條昏暗而崎嶇的小路，蜿蜒前行……

大正十一年（一九二二）二月

英雄之器

「總之，項羽此人，不是英雄之器啊。」

漢軍大將呂馬童平時就長長的臉，此時顯得更長了。他撫著稀稀落落的髭鬚，這樣說道。他的臉周圍有十餘張面孔，在人圈中心的火把的照耀下，紅紅地凸現在營幕之夜中。那些面孔全都難得地浮現著微笑，是因為今天大獲全勝，拿下了西楚霸王的首級，打勝仗的喜悅仍未從大夥兒心中消失吧……

「是嗎？」

一張高鼻梁的臉目光銳利，帶著一絲諷刺的微笑，定定地看著呂馬童的眉心說道。不知何故，呂馬童顯得有點狼狽。

「他很厲害，據說連塗山禹王廟的石鼎都舉起了嘛。現實中，今天的戰鬥也是如此，我有一陣子都以為自己活不成了。李佐死了，王恒也死了。那氣勢真是驚人。老實說，他很厲害啊。」

「嗯哼。」

對方臉上依然帶著微笑，大方地首肯。營幕之外寂靜無聲，除了遠處的幾下號角之聲，就連馬嘶也聽不見。空氣中時不時傳來枯葉的味道。

「但是……」呂馬童環視眾人，煞有介事地眨了一下眼睛。

「但是，他不是英雄之器。證據呢，也就是今天的戰鬥吧。楚軍被追逼至烏江，只剩二十八騎。與我雲集的大軍對陣，結局可想而知。而且，據說烏江的亭長特地迎接他，勸他搭船渡往江東。如果項羽是英雄之器，應該含羞忍辱渡過烏江，以後捲土重來——不是在乎面子的場合啊。」

「那麼說，您所謂英雄之器，就是算得精的意思了。」

隨著這句話，眾人一齊發出小小的笑聲。呂馬童倒是意外地不氣餒，他放開鬍鬚，挺挺胸脯，時不時瞥一眼高鼻梁那張目光銳利的臉，手一揮，說道：

「不，我不是那個意思——我們說項羽吧。據說在今天開戰前，項羽對部下說：『亡我項羽的是天，不是人力能夠挽回。證據就是，以我們這點人，我必三破漢軍給大家看看。』實際上，他不止三破漢軍，而是九次戰而勝之。讓我說的話，把自己的失敗視為天意，那是一種卑怯——老天才冤呢。他真渡烏江，集合江東健兒再來逐鹿中原了，才好說這話吧。本來完全可以瀟灑地活著，卻自取死路。我之所以認為項羽不是英雄之器，並不僅說他算計不精。一切都以天命來敷衍了事——那是不行的，所謂英雄，我認為不是這種人。蕭丞相這樣的謀士學者會怎麼看，我就不知道了。」

呂馬童得意地左右顧盼，好一會兒沒有作聲。他這番議論頗有道理吧，眾人彼此相顧頻頻點頭，滿意地回味著。這時，他們之中唯有那位高鼻梁，意外地呈現一種激動的眼神，雙目灼灼。

「是嗎？項羽那麼說過啊？」

「據說是說過。」

呂馬童的長臉大幅度地上下點頭。

「這豈不是懦弱嗎？不，至少非男子漢所為吧。所謂英雄，我認為，是敢與天鬥的人。」

「對啊。」

「我認為，是那種明知天命，仍然戰鬥的人。」

「對啊。」

「那麼說，項羽——」

劉邦抬起銳利的目光，凝視著秋天裡閃爍著的火把的光，彷彿自言自語地緩緩說道：

「所以，他就是英雄之器啊。」

大正七年（一九一八）一月

枯野抄

召丈草[1]、去來[2]，謂：昨夜無眠，忽起一念，命吞舟[3]錄下，各人可吟詠之。
旅途臥病中，夢魂繞枯野。

——引自《花屋日記》[4]

時在元祿七年（一六九四）十月十二日下午。朝霞滿天的空中，又要像昨日一樣下起陣雨嗎？大阪商人睡意矇矓的目光被引向房頂。所幸柳梢晃動著枝葉，並沒有濛濛細雨。天

1 丈草，即內藤丈草（一六六二—一七〇四），蕉門十哲之一。曾出仕，後遁世師從芭蕉。

2 去來，即向井去來（一六五一—一七〇四），蕉門十哲之一。與凡兆合編蕉門代表作《猿蓑》，有著作《去來抄》等。

3 吞舟，俳人槐本之道門人。

4 《花屋日記》，江戶後期俳諧書，記錄元祿七年（一六七四）九月二十一日後芭蕉的旅行、去世及後事。

色雖仍陰沉，卻已稍現明亮，是一個安靜的冬季白晝。從臨街人家前面不動聲色地流過的河水，今天也都無精打采似的。水面上漂著的蔥屑感覺是藍藍的，不冷。岸上來往的人無論是戴著圓頭巾的，還是足蹬皮鞋者，都心不在焉地走著路，彷彿忘記了寒風的吹拂。商號布簾的顏色、車來車往的動靜、給木偶戲伴奏的三弦聲——所有一切，都悄然守護著陰沉而寂靜的冬日，連橋的欄杆頂小圓珠上的塵埃，彷彿也紋絲不動……

此時，在御堂前南久太郎町，花屋仁左衛門家的內廳中，當時被尊為俳諧大宗師的芭蕉庵松尾桃青[5]，時年五十一歲，已在彌留之際，正在四面八方趕來的眾門人照料下，「如餘燼漸冷」。

時辰大約已近申時中刻[6]了吧。分隔房間的隔扇已取去，廳房寬闊，插在芭蕉枕畔的線香升起一縷煙，簷廊前有阻隔冬寒的新拉門，也唯有這裡顏色變得陰暗，寒氣侵肌。芭蕉默默躺著，頭朝著拉門方向。他身邊首先是醫生木節，木節伸手到被子下把脈，緩慢的脈搏讓他愁眉不展。他身後就是這次特地從伊賀跟芭蕉來的老僕治郎兵衛，剛才起就小聲念叨著「南無阿彌陀佛」。木節身邊是無人不識的彪形大漢寶井其角，和衣著講究、言談舉止甚具威嚴的去來，兩人一直觀察著師傅的病況。另外在其角身後，是僧人打扮的丈草，他手挽菩提子念珠，神態肅穆。乙州在他身旁不停抽泣，恐怕是悲從中來，不能自抑吧。僧人模樣的惟然坊神色冷峻，他個子矮小，一邊打量著乙州，一邊撩起袈裟袖子。他和膚色淺黑、一臉倔強的支考並坐在木節對面。其餘幾名弟子全都屏息靜氣，或右或左圍坐在師傅病床周圍，對即將死別的師傅無限依戀。其中唯有一人蹲在房間一角，伏在榻榻米上慟哭不已，應該是正秀吧。但是，就連這哭聲也被帶寒氣的沉默壓抑著，未足以打擾枕畔燃燒線香的香氣。

芭蕉自剛才用帶痰喘的聲音留下模糊的遺言之後，便半睜著眼睛，處於昏睡狀態。他略帶瘢痕的臉乾瘦，顴骨突起，滿是皺紋的雙唇早已經沒有血色。尤其令人目不忍睹的是他的眼神，帶著茫然的光徒勞地凝視遠方，彷彿是在張望屋頂上方無邊的寒空。「旅途臥病中，夢魂繞枯野。」——說不定在此時此刻這束茫然無著的視線所及之處，他自己三、四天前正如這辭世詩句所詠，夢遊般漂泊在枯野的茫茫暮色中，周邊沒有一絲月光。

「拿水。」未幾，木節這樣說著，靜靜地回頭，看一眼治郎兵衛。

5 松尾桃青，即松尾芭蕉（一六四四—一六九四），日本江戶時代前期的俳人，把俳句形式推向了頂峰，被譽為「俳聖」，其詩風被稱為「蕉風」。年輕時取俳名「桃青」，與「李白」相對，後更名為「芭蕉」。

6 申時中刻，下午四時左右。

這位老僕已經預備好一碗水和一支羽毛籤了。他戰戰兢兢地將這兩樣東西都擺放在主人枕畔後，突然想起了什麼似的開始念叨「南無阿彌陀佛」。在治郎兵衛這個山裡人樸素的心裡頭，根深柢固地堅信：管他是芭蕉還是誰，既然都一樣往生彼岸，就一樣要依憑佛陀的慈悲。

另一方面，木節在說出「拿水」的剎那間，又遇上了平時的疑問：自己作為醫生，已經竭盡全力了嗎？他隨即振作精神，回頭望向身邊的其角，無言地點一點頭。此時，圍坐在芭蕉身旁的所有人的心頭，突然掠過一陣緊張。而緊隨這種緊張感之後，一種鬆弛感到來，即「該來的終於來了」的、放心了似的心情，也是不爭之事。只不過，這種類似「放心」的心情性質微妙，誰也不想肯定它的存在。現實中，在這裡的所有人，甚至最為現實的其角，正好那時與木節對視，緊要關頭在對方眼中讀出了彼此同樣的心思時，也不由得嚇一跳吧。他慌忙移開視線，若無其事地拿起羽毛籤。

「那，我先來了。」木節對身邊的去來打聲招呼，然後一邊把那支羽毛籤在碗裡浸溼，一邊膝行而前，小心窺看師傅的面容。說實在的，他不是沒有預想過，若到了這個地步，要與師傅永別這件事一定悲傷至極。但這樣子取了臨終潤唇的水時，自己實際的心情卻完全背離那番戲劇性的預測，實在是平靜得有些冷淡。不僅如此，更讓其角感到意外的事情，是死期已至的師傅瘦得皮包骨，樣子令人毛骨悚然，使他產生強烈的厭惡之情，幾乎要背過臉去。不，單純說是「強烈」，表現得還不夠充分。他彷彿是最不適宜眼見的毒物，甚至於引起了其角的生理性反應，是最令人難以忍受的厭惡。他要在這時候，因為偶然的契機，把一切對於醜惡的反感，都發洩在師傅的病軀上嗎？或者對於他這個「生」的享樂家而言，那邊象徵「死」的事實，難道是最可詛咒的自然威脅嗎？總而言之，其角在垂死的芭蕉臉上，感覺到無法言喻的不快，他幾乎擠不出任何悲傷，便在師傅發紫的薄嘴唇上塗抹一下羽毛籤的水，然後繃著臉，退了下來。不過，他退下的時候，一種類似自責的心情剎那間掠過他心頭：他剛才厭惡之情太強烈了，應受道德感壓制。

接著其角拿起羽毛籤的，是從剛才木節示意時起，已經心態失衡的去來。他平日素有為人須謙恭的說法，此時便稍稍向眾人致意，膝行至芭蕉枕畔，看著老俳諧師滿是病容的臉，避無可避地回味著某種滿足與悔恨交織的、不可思議的心情。而且這種滿足和悔恨簡直就像陰和陽一樣，背負著無法分離的因緣。其實在四、五天之前，他一直小心翼翼的心情就被攪亂了。說起來，他一聽聞師傅病重，就不顧夜深，馬上從伏見搭船，來叩花屋的門。自此以來，他看護師傅未曾有一日懈怠。此外，他又求之道[7]幫忙找人來幫忙，又託人祈求住吉大明神保佑師傅病癒，又找花店仁左衛門商量購買日用器具；幾乎只有他一個人拚命努力，照顧著千頭萬緒。這當然是去來主動出來承擔的，他也沒想讓誰領情，這是事實。而主動投身於護理師傅的行動，在他心底裡播下了巨大滿足的種子。剛開始他沒有察覺到滿足，只是在一種恰當的氛圍裡做出了種種溫暖的舉動，完全不影響他的行住坐臥。否則，他也不會陪夜時，與支考在燈下聊天，特別解釋孝道之義，細述自己奉師如奉至親的心意。但就在那時候，揚揚自得的他見為人刻薄的支考臉上掠過一絲苦笑時，他之前和諧的心態一下子失衡了。而心態失衡的原因，在於他剛剛察覺的自我滿足和對這種滿足的自責。明明是照料朝不保夕的師傅，自己卻只顧以滿足的眼光欣賞自己的認真、努力，並不把師傅的病情放在心上。的確，對於像他這樣的誠實人，這肯定很讓人內疚。自此之後，去來無論做任何事情，出於這種滿足和悔恨的矛盾，自然感到某種程度的掣肘。

確實，他在支考眼中偶然地暴露了自己微笑的臉，就更加明顯地被人家意識到那種滿足是自覺的，結果就越發可悲地自認卑俗。數日後的今天，到了在師傅枕畔塗抹臨終潤唇水的階段，神經纖弱的他出於道德上的潔癖，在這樣的內心矛盾面前，完全失衡了——這樣子雖然好可憐，卻也在情理之中。所以，當去來拿起羽毛籤時，身體莫名地僵硬。他將含水的白色毛尖抹在芭蕉唇上時，一陣異常的亢奮襲來，以至於他不住地發抖。還好，與此同時他熱淚盈眶，也許是圍觀的同門師弟，包括尖刻的支考在內，把他這種亢奮純粹解釋為悲傷導致的吧。

一會兒後，去來小心翼翼退下，羽毛籤交到他身後的丈草手中。平日裡老實的丈草，恭謹地垂下視線，嘴裡念念有詞的同時，靜靜地往師傅嘴唇上沾水。這情景在誰眼中，都是莊重嚴肅的事情。但是，在此嚴肅的瞬間，客廳一角突然傳來令人詫異的笑聲。不，至少那時丈草感覺是聽見了。那彷彿是一種從腹底湧出的哄笑，被咽喉、嘴唇阻擋，卻仍按捺不住，斷斷續續從鼻孔裡迸發出來。但不用說，誰也不該在這種場合笑的。

聲音實際上是正秀發出的，他從剛才起便一直淚眼滂沱，此時抑制不住終於爆發了，那慟哭無疑極為悲愴。或者在場弟子中，不少人會想起師傅的名句「墳墓也搖動，我的痛哭如秋風」吧。但對於淒絕的慟哭，抽泣的乙州卻感覺其中有誇張的成分——假如這說法不妥，就說是欠缺一種抑制慟哭的意志力，那只能說是令人不快的。只不過，這種不快，純粹是理智上的東西而已吧。即便丈草頭腦裡是否定的，但他的心卻隨即被正秀的哀慟所打動，不知不覺中愴然淚下了。他對正秀的慟哭不快，進而認為自己的眼淚也不潔，這與剛才絲毫沒有變化。而且他越發淚如泉湧——乙州終於雙手撐在膝上，禁不住嗚咽起來。而此時唏噓

7 之道，即槐本之道（一六五九—一七〇八），芭蕉門生，藥材商人。

不已者，卻不止乙州一人。幾名候在芭蕉床腳的弟子幾乎與此同時痛哭流涕，聲音攪動著客廳肅靜的空氣，開始斷斷續續地傳出來了。

在這種悱惻的哭聲中，手挽菩提子念珠的丈草靜靜返回坐席，一如之前。然後是在其角和去來對面的支考上前，來到師傅枕畔。他外號「東花坊」，以愛搞笑出名，他沒有那種敏感而纖弱的神經，不會因周邊氛圍就潸然淚下。他一如往常淺黑的臉上，一如往常帶著誰也不放在眼裡的神態，大模大樣、漫不經心地往師傅唇上抹了水。然而，即便是他，這種場合肯定也有一番感慨，「心在曠野兮風寒侵肌」。師傅四、五天前，曾反覆對大家道謝，說道：「原以為自己會躺在草上，頭枕泥土死去的，能夠得償夙願，躺在這麼美麗的墊被上往生，心中無比欣慰。」

實際上，枯野之中也好，這花屋家內廳也好，並無多少區別。此刻為師傅潤溼嘴唇的自己，三、四天前還掛念著師傅沒有辭世之句，於是昨天便做了個計畫：在師傅仙逝之後，將其俳句收為一集。最後是今天，就在剛才為止，自己仍以觀察的目光打量著時時刻刻步向臨終的師傅，彷彿自己對這個過程感興趣。再說，諷刺性地想想吧，或許這種觀察方法背後，預示著日後憑自己一支筆，甚至會寫出不可或缺的一節〈終焉記〉呢。由此看來，在服侍師傅臨終時，支配著自己腦袋的東西，是其他門派的評價啦，門人之間的利害關係啦，又或者是自己的個人盤算，等等，全部都與垂死的師傅沒有直接關係。所以，師傅就在發句[8]之中，像屢屢馳騁想像的那樣，說是「在無限的人生枯野之中，暴屍荒野」也不妨。門人都不是哀悼師傅的最後時刻，而是哀悼失去了師傅的自己。不悲歎窮困中死於荒野的前輩，而憂愁傍晚時分失去了前輩的自己。如果在道德上譴責這種行為，那麼我們這些人本就冷酷無情，誰又能把我們怎樣呢？——支考沉浸在這樣的厭世感慨中，且為自己能夠沉浸其中而得意。他溼潤了師傅的嘴唇，把羽毛籤放回原來的茶碗裡，嘲諷地環視一下嗚咽的同門弟子，緩緩返回坐席。易於相處的，例如去來，從一開始便頗在意支考冷冷的態度，剛才的不安此刻又加了幾分；唯獨其角有點不耐煩的樣子，應該是有點厭惡東花坊我行我素的性格習氣吧。

支考之後是惟然坊，他拖著墨染袈裟的衣裾，在榻榻米上爬行前來的時候，芭蕉的臨終一刻已在彈指之間了吧。芭蕉的臉比之前更失血色，用水溼潤的唇間，時不時不再透氣，彷彿忘記了似的。這時候，他又像想起了什麼似的，喉頭咕嘟一下，無力地吸入空氣。而且咽喉深處微微有兩三下痰音，呼吸也逐漸地靜寂了。此時，惟然坊正要將羽毛籤的白毛尖在

8 發句，日本舊體詩的第一、二句（後獨立出來為俳句）。

師傅唇上塗抹，突然一陣異於死別悲傷的恐懼襲擊了他。那是一種無來由的恐怖，彷彿師傅死後，馬上就輪到他死了。正因為是無來由，一旦被這種恐怖襲擊，也就無從忍受和抵抗。原本他就病態般怕死，以前一想到自己終歸要死，即便是在風流遊方之時，也會嚇得不知所措，全身冒汗。因此，聽說別人死了時，他就放下心來，慶幸不是自己。與此同時，有時也會反過來感到不安，如果是自己要死了，該怎麼辦？這一點，在照料芭蕉的場合也不例外。開頭師傅的臨終不那麼緊迫時——冬日陽光照射在拉門上，園女[9]贈送的水仙花散發著清香，大家圍坐師傅枕畔，吟誦起慰問病情的句作。這時分惟然坊的心情便時明時暗地徘徊於兩者之間。但是，當師傅接近彌留之際時——難忘的初時雨之日，看見師傅連喜歡的梨子也吃不下，令木節不知如何是好。從那時起，惟然坊就擔心不已，安心變成惴惴不安，最終不安甚至發展為「接下來死的可能就是自己」的恐懼，涼浸浸籠罩在心頭。所以，他坐在師傅枕畔，潤溼師傅嘴唇期間，都被這種恐懼支配了，幾乎無法正視芭蕉彌留之際的面容。不，他想要正視一下的，但正好那時芭蕉喉嚨中微微傳出堵痰的聲音，於是他好不容易才有的勇氣，也就中途受挫了吧。「緊接著師傅要死去的人，可能是我。」——耳畔迴響著的預言般的聲音，讓惟然坊小小的身子縮成一團，返回坐席後冷淡的面孔也就越發冷漠。他盡可能不看任何人，眼珠子上翻只看天。

接下來，是乙州、正秀、之道、木節和環繞病床前的門人按順序潤溼師傅的嘴唇。其間，芭蕉的呼吸漸次變弱，次數也逐漸減少。咽喉此刻也不再動了。蠟樣的小小臉龐上浮現淺淺的瘢痕，沒有了神采的瞳仁凝視遙遠的虛空，而下巴長出了銀白的鬍鬚——在他那裡，人情冷暖已經凍結了，彷彿夢見了即將前往的極樂淨土。這時候，去來身後，是默然垂著頭的丈草。那位老實禪客丈草，隨著芭蕉的呼吸變得衰微，他感到一種無限悲傷且又無限安然的心情緩緩流入心中。悲傷是無須解釋了，而那種安然的心情，則恰如黎明清暉漸漸在黑暗中擴展一樣，是一種不可思議爽朗的心情。而且這種感覺時時刻刻地驅逐所有的雜念，最終就連眼淚本身，也都化成清澈的悲傷，毫無錐心之痛。他是為師傅的靈魂超越虛夢之生死，回歸常住涅槃寶地而欣喜吧。不，這是他自身也不能確定的理由。既然如此——啊啊，有誰要執意遲疑不決，愚蠢地自欺欺人呢？丈草這份安逸的心情，是他的自由精神得以解放的喜悅。他曾長久處於芭蕉人格的桎梏之下，他以自己的力量，漸漸放開手腳。在這種恍恍惚惚的悲喜中，他手撚菩提子念珠，周圍抽泣的門人恍如從眼底消失無蹤了。他嘴角微帶笑容，恭恭敬敬地向臨終的芭蕉禮拜……

9 園女，江戶前期俳人，入蕉門。醫生、俳人斯波一有之妻。

就這樣，古今絕倫的俳諧宗師芭蕉庵松尾桃青，就在門人「無限悲歎」的環繞下，闔目長逝。

大正七年（一九一八）九月

戲作三昧

一

天保二年九月某日上午，神田同朋町的松湯澡堂照例從一早起生意興隆。在式亭三馬[1]幾年前出版的滑稽本小說裡，所謂「那塵世澡堂，包羅神祇、釋教、情色、無常等無奇不有」的種種情景，至今依然如故。一個梳老婆髻的，泡在池子裡哼唱小曲；一個梳本多髻的，站在更衣處擰毛巾；一個梳銀杏髻[2]的，正讓人搓文過身的脊背；一個梳由兵衛髻的，從剛才起就一直洗臉；一個和尚頭的，弓腰在水槽前，不停地沖身子；一個蜻蛉頭的，正一

1 式亭三馬（一七七六—一八二二），日本江戶時代「滑稽本」的代表作家，代表作有《浮世澡堂》、《浮世理髮館》等。

2 銀杏髻，日本江戶時代男子髮型之一，將髮髻頂端梳結成杏葉般寬而平的樣式。

心一意玩著小竹桶和瓷金魚——在狹窄的水池子裡，如此眾多溼淋淋、光溜溜的身子，在熱氣騰騰的晨光中模模糊糊活動著。其中的喧嘩又吵成了一片：首先是澆水、挪桶的聲音；其次是聊天、哼曲的聲音；最後是值班臺上屢屢敲響的梆子聲。所以，石榴口[3]內外，喧囂如戰場。暖簾一掀，進來的或是做小買賣的，或是個叫花子，或是出出入入的顧客。在這樣的混亂嘈雜之中——

一位年過六旬的老人穩重地待在一個角落，安靜地除垢。他鬢毛帶著難看的黃色，眼神好像也不行。人雖瘦，卻骨架粗獷，顯得硬朗；皮膚鬆弛的手腳上，仍有一股對抗年邁的力量；臉上也一樣，下顎骨發達的臉頰、略大的嘴巴周圍，閃亮的光澤呈現其旺盛的蠻力，幾乎無異於昔日的壯年。

老人仔細搓去上半身的垢，沒有用小盆的熱水沖身，而是開始洗下半身。但他用搓垢的黑色甲斐絹在身上擦了好幾下，乾而多皺的皮膚並沒有搓出像樣的垢來，這下子引發了他的落寞之情吧。老人只洗了一條腿，突然就洩了氣似的停住了搓澡的手。然後，他的目光落在小盆裡渾濁的熱水上，那水面鮮明地映出了窗外的天空：在瓦屋頂的一角下面，還有紅色的柿子，點綴著稀疏的樹枝。

此刻，老人的心頭投下了「死亡」的陰影。而這個「死亡」，像曾威脅過他的死亡一樣，沒有包藏著任何忌諱的東西。說來就像這小盆裡的天空那樣，是安靜且令人懷戀的、平和的寂滅意識。若能夠擺脫一切塵世煩惱，在這樣的「死亡」之中入眠——如果能夠像無心的孩子那樣，無夢地入眠的話，是多麼可喜可賀呀。自己並不僅僅是對生活疲憊了，數十年來不停頓地創作，其中的艱辛，實在令人疲憊不堪……

老人悵然地抬起頭。周圍依舊是熱鬧的談笑，許多赤條條的人晃動在騰騰熱氣之中。石榴口的說唱表演裡，加入了單弦道情和流行小調。此刻在他心中投下陰影的、歷史悠久的東西，在這裡當然絲毫也沒有影子。

「哎呀呀，先生，在意想不到的地方遇見先生了啊。我實在沒想到，曲亭先生[4]一早來泡澡。」

老人被突如其來的寒暄嚇了一跳。他一看，自己身邊有一位中等個子、氣色甚佳的窄銀杏髻，身前端著小盆，毛巾搭在肩上，很有精神地笑著。看來他剛洗好，正要去沖身子。

3 石榴口，日本江戶時代的澡堂中，彎腰進入的出入口，通往浴池。為使熱水不涼，造得較低。

4 曲亭先生，即曲亭馬琴（一七六七—一八四八），本名瀧澤興邦，號著作堂主人，日本劇作家，代表作有《椿說弓張月》、《南總里見八犬傳》（簡稱《八犬傳》）。

「您還是那麼好興致，滿好的。」

馬琴微笑著，略帶譏諷地答道。

二

「哪裡哪裡，也不是一直都好。要說好，先生，《八犬傳》越出越奇，寫得太好了。」

窄銀杏髻一邊把肩頭的毛巾丟進小盆，一邊喊叫著說道。

「船蟲[5]化裝成盲歌女，想殺小文吾，小文吾卻被捕，遭受嚴刑拷打，最終為莊介所救。這一段實在妙不可言。這麼安排，也就成為莊介與小文吾重逢的契機了。我近江屋平吉雖愚笨，只經手一家日用百貨店，卻竊以為對於讀本深有體會。就這樣的能耐，在先生的《八犬傳》面前也是不能讚一辭！我真服了！」

馬琴又默默洗起了腳。對愛看自己著作的讀者，他當然一直抱持相當的好意。但是，卻絲毫不會因為這種好意，而改變對對方人品的判斷。對於聰明的他而言，這是理所當然的事。但不可思議的是，相反地，這樣的判斷也幾乎不會影響到他的好意。所以，在有的場合，他能夠同時對同一人抱有輕蔑和好意。像對這位叫近江屋平吉的讀者，就正是這樣。

「寫出那樣的大作，可知有多麼辛苦！先生名副其實就是當今日本之羅貫中啊——噢噢，我失禮了。」

平吉又大聲笑起來。一旁淋熱水的一個小銀杏髻被他的聲音嚇了一跳吧，這獨眼小個子膚色黑黑的，他回頭打量一下平吉和馬琴，表情古怪地往水槽吐了口痰。

「您仍舊在發句上下功夫嗎？」

馬琴巧妙地轉換了話題。這並不是因為他在乎獨眼小子的表情。他的視力已衰弱到看不清楚他人表情了。

「有勞先生動問，誠惶誠恐。我只是愛瞎湊熱鬧，今天有個詩社，明天又有個俳諧聚會，恬不知恥地東奔西跑出風頭。但不知是何原因，詩作方面不見長進。我想問一下先生這方面如何？會特別看重短歌或者俳句這樣的東西嗎？」

「我嘛，對這樣的東西沒有一點靈感，只不過也曾玩過一陣子。」

「先生說笑了。」

「哪裡，感覺完全不合我的性情，到現在仍是不得要領吧。」

---

5 船蟲及之後的盲歌女、小文吾、莊介等，均為《八犬傳》裡的人物。

馬琴在「不合我的性情」這句話上面特別加重了語氣。他不是作不來短歌和俳句，他自信對這方面的理解並不貧乏。但他一直對那些種類的藝術持一種輕蔑的態度。要說為何，短歌也好、俳句也好，要將他的全部才華投注其中，這些形式未免格局太小了。所以，無論吟詠如何精巧，在一首俳句、一首和歌之中表現出來的東西，無論是抒情還是寫景，在他的作品裡，僅有占據數行的資格。這樣的藝術，對他而言是二流的藝術。

三

馬琴在「不合我的性情」這句話上加重分量，背後隱含著這樣的輕蔑。但不幸的是，近江屋平吉完全聽不出來。

「哈哈，原來是這麼回事啊。以我等的愚見，原以為像先生這樣的大家，是寫什麼都一樣行的——噢，還是那句老話：天不與二物，人無完人吧。」

平吉一邊擰乾毛巾使勁搓身體，弄得皮膚紅紅的，一邊略微客氣地說道。但對於自尊心強的馬琴而言，他的謙辭被人原樣接收，滿肚子不舒服。加上對平吉貌似客氣的腔調越發不滿意，於是他把毛巾連搓下來的垢一起往水槽一扔，欠起半身，皺著眉頭大言不慚道：

「不過，我感覺就當今的和歌作者和宗師那水準，倒也和我不相上下吧。」

然而話一出口，馬琴馬上為自己孩子氣的自尊心慚愧了。剛才平吉用最高級讚美詞誇《八犬傳》時，自己並沒有特別歡喜。現在反過來，自己被視為作不來短歌和俳句便很不滿，這明顯矛盾。他猛然自省起來，為了掩蓋內心羞愧，匆忙將小盆裡的熱水從肩頭澆下。

「肯定的，否則先生也不可能寫出那樣的傑作。在下看出來，先生也善作短歌或俳句呢。這眼光也是不得了啊。這是自吹自擂了。」

平吉又大聲笑起來。剛才的獨眼小子已經不在身旁，痰也被馬琴澆的水沖走了。但馬琴比剛才還要不好意思，這是理所當然的事情。

「喲，都只顧著說話了，我也該泡水了吧。」

他難為情起來了，寒暄著，生起自己的氣來。他慢慢站起來，要從這位好心讀者面前退卻了。而平吉似乎因為馬琴的吹噓，他這位忠實讀者也很有面子。

「那麼，先生，方便時敬請賜書一首短歌或俳句大作吧。拜謝啦，請別忘了啊。那麼這就告辭了。先生百忙之中若路過小店時，煩請光顧。在下也要去叨擾您的。」

平吉叮囑般地說道。然後，他邊絞乾毛巾，邊目送馬琴走向石榴口的背影，盤算著稍後回到家時，用什麼腔調告訴老婆今天幸遇曲亭大作家的事。

四

石榴口裡頭有點昏暗，像傍晚似的，還瀰漫著比霧還濃的水蒸氣。馬琴眼睛不好，驚險地擠過人叢，總算摸索到澡堂的一角，把皺巴巴的身體浸泡在其中。

水偏熱，他一邊感受著熱水滲透到手指尖，一邊長呼一口氣，緩緩地環顧澡堂。在昏暗中露出水面的腦袋，有七、八個吧。他們都聊著天，或者唱著歌，周圍是溶解了人汗油的膩滑水面，水面反射著石榴口射入的渾濁光線，悠悠地起伏晃蕩。令人噁心的「澡堂味」撲鼻而來。

馬琴的想像，向來就有浪漫的一面。就在澡堂熱氣之中，他不由自主想像起了他要描寫的一個小說場景。那是一艘沉重的有篷船，篷外的海面，在日暮之時起風了。浪濤拍打船舷的聲音傳來，就像搖晃的油一樣沉悶。跟那聲音一起弄響船篷的，恐怕就是蝙蝠振翅的聲音吧。一名船夫從船舷往外張望，霧茫茫的海上，紅色月牙掛在陰陰的天空。這時……

他空想至此，突然被打斷了：因為同樣在石榴口，有人在批評他寫的讀本，話音突然進入了他的耳朵。而且，無論是聲音還是說話方式，格外像是嚷嚷著、故意要讓他聽見似的。馬琴曾想出浴，但又停住，靜聽那人的批評。

「還說自己是什麼曲亭先生啦、著作堂主人呢。馬琴寫的東西，全都是炒冷飯的改編改寫。直截了當地說，《八犬傳》無非就是模仿《水滸傳》嘛。但粗看的話，情節還好，好歹抄的對象是唐土的啊。所以，他先讀過，也算一項功勞吧。可到了再次炒冷飯，抄山東京傳[6]時，我都驚呆了，徹底沒好氣了。」

馬琴老眼昏花，遠遠望那個口出惡言的男子。由於水蒸氣的妨礙，他看不真切，但似乎是剛才曾在身旁的那個獨眼小銀杏髻。如果是他，恐怕就是他對剛才平吉讚揚《八犬傳》氣不過，特地拿馬琴出氣吧。

「首先，馬琴寫的東西只是筆頭花哨，純粹就是肚子裡空空沒料。有的話，不外是私塾老師都會講的四書五經而已。所以，若論當今，他就一概無可奉告。證據就是，但凡他筆下都是陳年舊事，當今之事從未寫過。因為他寫不了阿染和久松的故事[7]，就寫成了《松染情史秋七草》[8]啦。這樣的事情，在馬琴大人那兒可就多了。」

---

6 山東京傳（一七六一－一八一六），江戶後期通俗娛樂小說作者、浮世繪畫師。
7 江戶時代有阿染和久松殉情的事，成為小說的題材。
8 《松染情史秋七草》，馬琴根據殉情故事創作的小說。

高高在上之人，不會輕易動怒。馬琴雖為對方的措辭而惱火，卻並不憎恨他，取而代之的是想表達出自己的輕蔑。而之所以沒有付諸實行，恐怕是年齡發揮了抑制衝動的作用吧。

「說到這裡，一九[9]和三馬，就很了不起。那夥人寫的作品裡頭，就有鮮活的人。絕非以小聰明或者一知半解的學問來胡編亂造。這裡與蓑笠軒隱者[10]之流的大不一樣。」

根據馬琴的經驗，聽到對自己讀本的惡評，除了不開心，還有一些危險。這是說，為了接受那項惡評，意味著要有勇氣（不是沮喪）否定自己，在之後的創作動機上加入相反的東西。如此一來，這就意味著要從不純的動機出發去寫作。其結果往往有可能創造出畸形的藝術。且不論單以迎合時尚為目的的作者，假如是定力稍遜的作者，很容易就陷入這種危險之中。所以，馬琴迄今為止，都留心盡量不去讀對自己讀本的惡評。但這樣的心思，在另一方面多少也成為想讀惡評的誘惑。之所以此刻在這個澡堂裡聽了小銀杏髻的壞話，半數是因為掉進了這種誘惑裡。

他覺察到這一切，立即責備自己好蠢，竟無所事事浸在熱水裡。於是，他對小銀杏髻的尖嗓音充耳不聞，往外大步跨出石榴口。在外面，透過蒸汽可見窗戶的藍天以及藍天上沐浴著溫暖陽光的柿子。馬琴來到水槽前，心平氣和地沖淨水。

「總而言之，馬琴是唬人假貨。這位日本的羅貫中，也就這麼回事。」

但是，在澡堂裡，剛才的男子以為馬琴仍在吧，依然繼續發表猛烈批評。說不定這是他的獨眼所累，沒看見馬琴邁步走出石榴口的身影。

五

出了澡堂，馬琴還是心情鬱悶。獨眼小子的毒舌，至少在這一點上，獲得了預期的成功。秋日晴朗，他漫步江戶街市，以他的評論水準，一一細緻審視在澡堂裡聽見的惡評。這麼一來，他馬上就證明了一個事實：無論從哪一點來看，那些都是不屑一顧的蠢話。但儘管如此，一度被攪亂的心緒，不容易恢復原來的平靜。

他抬起不快的目光，打量兩旁的商家。商家的營生與他的心情完全無關，只為著當天的生計而努力。所以，「各國名菸」的柿子色門簾，「正宗黃楊」的黃色梳子形招牌，「駕

9 一九，即十返舍一九（一七六五—一八三一），江戶後期通俗娛樂小說作者。

10 蓑笠軒隱者，馬琴的別號。

籠」的燈籠，「卜筮」的算卦小旗——這樣的東西形成了沒有意義的一列，雜亂無章地從他眼底流過。

「為什麼輕蔑我的惡評，會讓我這麼煩惱呢？」

馬琴還在想。

「讓自己不快的，首先是那個獨眼小子對自己抱有惡意的事實。且不管理由如何，別人抱有惡意，僅此就令人不快，沒辦法。」

他這麼想著，為自己的懦弱而羞恥。實際上，像他這樣固執己見、目中無人的人甚少，而像他這樣對他人的惡意太敏感的人也甚少。這兩個行為上完全相反的事實，其實出於同樣的原因、同樣的神經作用。當然，這一事實他早已察覺。

「但是，令自己不快的，還有其他的原因。那就是：我被置於和那獨眼小子對抗的位置上了。打從前起，我就不喜歡那種處境。我不參加比賽活動，也就為這個原因。」

分析至此，他就想得更進了一步。與此同時，心情也起了意想不到的變化。這從他緊閉的雙唇此時突然鬆弛了，也能知道吧。

「最後，將自己置於對抗位置的對手，就是那獨眼小子，這一事實也的確讓自己不快。假如他是一個更高級的人，我一定會產生敵對的心理，來排斥這種不快。而以那個獨眼小子為對手，就算是我，也還是免談吧。」

馬琴苦笑著仰頭看天。高高的天空上，老鷹清亮的鳴叫聲和日光一道，像雨點般灑落下來。他感覺得到，一直沉悶的心情，已漸漸輕鬆起來了。

「但是，無論獨眼小子給予何種惡評，充其量也就使自己不快而已。無論鷹如何叫喚，也阻礙不了太陽的步伐。自己的《八犬傳》必定要完成！到那時，日本就擁有古今無與倫比的傳奇故事了。」

他安慰著自己，恢復了自信，從小巷靜靜地拐向回家的路。

六

到了家一看，昏暗的玄關擺鞋處，擺了一雙熟悉的打散結踏雪履。馬琴一見鞋子，來客那張呆板的臉立即浮現在眼前。他隨即心裡頭很不是滋味：又要白費時間了。

「今早做不了事了。」

他想著，踏上玄關門口的臺階板。女傭阿杉慌忙出迎，跪坐著雙手觸地，從下方仰望著他的臉，說道：

「和泉屋老闆在客廳等您。」

他邊點頭邊把擦手布遞到阿杉手上。但他不情願馬上就去書房。

「阿百呢？」

「去拜佛了。」

「阿路也一起去了嗎？」

「是的，帶了小少爺也一起去了。」

「我兒子呢？」

「去山本先生家了。」

家人都不在家，他略感失望。於是，他只好無奈打開玄關旁書房的拉門。門一開，只見一名裝模作樣的男子端坐客廳中間，他膚色白皙，臉上油亮，嘴裡銜一根細細的銀菸管。在馬琴書房，除了貼拓本的屏和壁龕上掛的「紅楓黃菊」雙條幅之外，別無其他裝飾。沿牆壁擺放了五十多個書箱，一色樸素的老桐木。隔扇的貼紙已經過了一個冬天吧，修補處點點白色，上面斜斜投下芭蕉殘葉的大影子，若隱若現。如此環境與來客華麗的服飾更顯得不協調。

「哎呀，先生，歡迎歸來。」

客人在拉門打開的同時，一邊熟絡地說著，一邊必恭必敬地低頭致意。他叫和泉屋市兵衛，是書店老闆，他書店出版馬琴的《新編金瓶梅》評價甚好，當時僅次於《八犬傳》。

「等好久了吧？我難得今天一早，去泡了個早湯。」

馬琴本能地皺皺眉毛，像往常一樣，正正規規入座。

「噢噢，去泡早湯啊，不錯啊。」

市兵衛大發感歎。無論多麼瑣碎的事情，他動輒大發感慨，這樣的情形，實在少見。不，是這樣擺出一副讚歎模樣的人，實在稀少。馬琴緩緩吸上一口菸，像往常一樣將話題轉到正事上面。他尤其不喜歡和泉屋這種恭維。

「您今天有要事嗎？」

「噢噢。我又想來要先生的大作了。」

市兵衛說道。他用一根手指旋轉著菸管，女人似的故作溫柔。此人性格奇特，往往外表行為與內心情感不一致。非但不一致，更是相反的。所以，當他主意已決時，必定細聲細氣說出來。

馬琴一聽這語氣，再次本能地皺起眉頭。

「說到書稿，那實在不行。」

「哦，是有什麼不便之處嗎？」

「沒有什麼不便。今年接下了許多讀本，所以不可能顧及合卷[11]了。」

「您實在是太忙了。」

話音剛落，市兵衛用菸管做個敲菸灰的動作，一副已經忘記了剛才求人的表情，突然說起了鼠小僧次郎太夫的事情。

七

鼠小僧次郎太夫今年五月上旬被捕，八月中旬被梟首示眾。他是很受好評的大盜。因只偷竊大名的豪宅，竊富濟貧，他被冠以「義賊」的妙名，取代了「盜賊」的罵名，在各地深受好評。

「哇，先生，真嚇人！他偷過的大名豪宅共七十六所，竊得金子三千一百八十三兩二分。雖說是盜賊，實在不是一般人能幹的。」

馬琴不禁動了好奇之心。市兵衛說了這種事情，背後往往隱藏著他要給作者提供寫作材料的動機。這種自以為是當然很惹馬琴惱火。但惱火歸惱火，畢竟好奇心已動，作為藝術家的他，尤其在這一點上易受誘惑吧。

「嗯，確實是個不得了的人物。我聽說過他的很多傳聞，但沒想到是這樣厲害。」

「也就是說，他首先是賊中豪傑。據說他曾當過荒尾但馬守大人的隨從，所以瞭解豪宅的底細。據目睹他遊街示眾的人說，他胖嘟嘟的，是個可愛男人，當時身上穿一件越後藍綢單層和服，下身是白綢單衣——這豈不正是先生筆下人物嗎？」

馬琴含糊其詞地回應著，又吸了一口菸。而市兵衛根本就不是含糊其詞能打發的。

「您覺得如何？就有勞您執筆，在《新編金瓶梅》裡寫上這位次郎太夫吧？我非常清楚您手上很忙，千萬就請委屈一下，勉為其難答應我吧。」

一下子，又從鼠小僧跳回原先的催稿。馬琴已經習慣了他這種手段，仍舊不答應。不僅如此，馬琴比之前更不高興了。因為他雖一時中計，動了幾分好奇心，但感覺荒唐可笑。他皺著眉頭抽菸，最終說出了這麼一番理由：

「首先，硬逼我寫的話，出不來好東西。不用說，那麼一來銷量受影響，對你而言也沒意思吧。這樣看來，我覺得假如你理解我的難處，最終對雙方都好。」

11 合卷，日本江戶時代流行插圖讀物，稱為「草雙紙」。合卷是草雙紙的合訂本。

「您說得對，但我希望您能豁出去。您覺得如何呢？」

市兵衛說著，目光在他臉上「撫摸」（這是馬琴形容和泉屋某種眼神的詞），香菸的煙斷斷續續從鼻孔冒出來。

「我實在是寫不了啊。即便想寫，也沒有時間，所以沒辦法。」

「那就太抱歉了。」

市兵衛說道，但他突然提起了當時作家之間的事情。他薄薄的唇間仍舊叼著那支細細的銀菸管。

八

「據說種彥[12]又要出新作品了。總之是言辭華美、內容淒慘的故事吧。那位仁兄所寫的東西，有些是非他種彥寫不出來的。」

市兵衛不知怎的有一個習慣，就是對所有作家都直呼其名。馬琴每次聽他這樣說，心想私下裡他也是「馬琴如何如何」地說自己的吧。被這傢伙輕薄地直呼其名，視作家為自家手藝人，我為何還要給他寫稿子？馬琴大為生氣，心裡這樣想的時候也不算少。今天他聽見

「種彥」這個名字，緊皺的眉頭就更鬆不開了。但市兵衛卻絲毫也不在意。

「而我們呢，正打算出版春水[13]。先生不喜歡他，但他還是適合通俗大眾的吧。」

「哈哈，這樣啊。」

在馬琴的記憶裡，浮現出曾見過的，春水帶著卑微、誇張神色的面容。「我不是作家。是按照顧客的喜好，寫出風塵故事的打工者。」——馬琴也聽說過春水的這番表白。所以，他從心底裡輕蔑這位不像作家的作家。但儘管如此，此刻市兵衛對春水直呼其名，他依然感覺不快。

「總之就這麼回事，在帶情色的內容方面，他可精通了。而且是出名的快手。」

市兵衛說著，往馬琴臉上瞥了一眼，然後馬上又看著自己嘴裡叼著的銀菸管。他那瞬間的表情，有某種可怕而低劣的東西。至少，馬琴那麼覺得。

「要寫出那些東西，得一口氣不停地寫下來，必須是兩三回的分量一揮而就。先生有時

---

12 種彥，即柳亭種彥（一七八三—一八四二），日本江戶後期通俗娛樂小說作家，描寫風格細緻，是「合卷」的代表作家。

13 春水，即為永春水（一七九〇—一八四三），日本江戶後期通俗娛樂小說作家，式亭三馬的弟子，代表作《梅路晴海》。

候也寫得很快吧？」

馬琴不快的同時，感覺被施加了壓力。在筆頭的快慢上拿他與春水、種彥相比較，這對於自尊心強的他來說，當然很不高興。而且他是筆頭慢的一方。這事也往往被視為自己沒能力的佐證，令人沮喪。但另一方面，他也往往將此視為自己藝術良心的標誌，為此而驕傲。只是，這事任由俗人妄評，不論他是何種心態，都絕不能接受。所以，他眼望著壁龕上方的「紅楓黃菊」，發洩似的說道：

「看時間和場合吧。我有時寫得快，有時寫得慢。」

「嗯嗯，看時間和場合，的確是這樣。」

市兵衛讚歎再三。不用說，這不是讚歎完就甘休的，在這話後面，他立即就抓住不放：

「的確是這樣啊，我一再提及的書稿方面，可否承蒙您答允呢？春水他們也……」

「我跟春水先生不一樣。」

馬琴一生氣，就有下唇歪向左邊的毛病。這時，他的下唇可怕地歪向了左邊。

「請恕我不能從命。阿杉、阿杉，給和泉屋老闆備鞋子了嗎？」

九

把和泉屋市兵衛趕走之後，馬琴獨倚廊柱，一邊眺望小庭院的景色，一邊盡力平息餘怒未消的心情。

陽光普照庭院，葉子開裂的芭蕉和光光禿禿的梧桐，與羅漢松和竹子的綠色一道，展現了好幾坪暖和的秋色。近處淨手缽旁的蓮花已很稀疏，但矮籬笆外種的桂花仍有濃濃的甜香味。此時，老鷹的鳴叫聲，就從遙遠的藍天對面，笛子聲似的，不時飄落下來。

面對大自然，他更加痛切地想起塵世的低賤。生活於低賤世間的人，不幸被這低賤所煩擾，自己也都毫無選擇地踐行著低賤的言談舉動。自己剛剛趕走了和泉屋市兵衛。驅趕人的行為，當然不是什麼高尚的舉動。但自己是因對方行事低賤，而被迫以其人之道還治其人之身，於是就那樣了。「就那樣」的意思，只能是使自己卑劣地被置於與市兵衛相同的程度。也就是說，自己已被迫墮落至那種程度了。

想到這裡，他發現近來的記憶中，有與之相同的事。那是去年春天，一個叫長島政兵衛的男子，從相州朽木的上新田來信，說希望拜他為師。信上說，他在二十一歲成了聾人，之後至二十四歲的今天，下決心以文筆闖天下，專注於讀本寫作。不用說，他是《八犬傳》

和《巡島記》的忠實讀者。而身在鄉下，於加強學習有諸多不利。「所以，您是否可以接受我上門做一名食客呢？此外，自己手上有六本讀本書稿。這些稿子也希望得到您的斧正，由合適的書店出版。」——信上內容大致如此。對馬琴來說，對方的要求全是自私自利的。但耳聾這事，對苦於眼睛不好的他來說，成了有幾分同情的楔子吧。他回信說，感謝來信，所提議之事不便遵行。這種事對於他來說，是極鄭重其事的。他隨即收到回信，從頭到尾都是猛烈的非難。

「你的《八犬傳》、《巡島記》又臭又長，我都耐著性子讀了，而我區區六冊的讀本，你竟然拒絕過目！豈不顯示了你低劣的人格嗎？」——來信以這樣的牢騷開始，攻擊馬琴作為前輩不接納後輩為食客，卑鄙吝嗇，然後就結束了。馬琴很生氣，馬上回了信。在信中，他發牢騷說，自己的讀本被這樣的輕薄之人閱讀，乃是一生的恥辱。之後便消息渺然。他後來仍在撰寫讀本的書稿嗎？仍夢想著有朝一日作品被全日本的人閱讀嗎？……

在這份記憶裡，馬琴不得不同時感受著長島政兵衛的可悲和自己的可悲。這感覺又把他引入了無可言喻的寂寞。陽光融入了桂花的香氣，芭蕉和梧桐也靜悄悄的，葉子紋絲不動，就連老鷹的叫聲也如同之前一樣清朗。如此這般的自然和人類——直至十分鐘之後，女傭阿杉過來告知午飯已準備好為止，他都倚著廊柱發怔，恍如夢中。

馬琴獨自用過午飯，返回書房。為了壓住不大平靜、不大愉快的心情，他難得地翻開《水滸傳》來讀。偶然翻開之處，正是風雪之夜，豹子頭林沖在山神廟望見草料場起火的段落。對這個戲劇性的場面，他總是興致勃勃。但這種興趣持續至某一點時，反而帶來奇特的不安。

去上香的家人還沒回家，家裡靜悄悄。他重拾心情，把《水滸傳》放在面前，無聊地點上一支菸，然後在煙霧中細想平時就存在腦海裡的一個疑問。

那是作為道德家的他，跟作為藝術家的他之間經常糾纏的疑問。他一直堅信「先王之道」。他的小說就像自己宣稱的那樣，正是「先王之道」的藝術性表達。所以，這裡頭沒有矛盾。但這「先王之道」給予藝術的價值，和他的心情想要給予藝術的價值之間，意外地相距甚遠。也就是說，他身上的道德家在肯定前者的同時，他心中的藝術家理所當然地肯定了後者。當然，並非沒有克服這一矛盾的、取巧妥協的想法。實際上，在他向公眾表明這個不徹底的調和主張背後，也想掩飾他對於藝術的曖昧態度。

但是，即便騙得了別人，也騙不了他自己。儘管他否定「戲作」的價值，稱之為「勸懲工具」，但一旦他遭遇洶湧的藝術靈感時，馬上就感覺到不安——《水滸傳》的一節，馬上在他的情緒上帶來了意料之外的結果，理由正在於此。

在這一點上，思想上怯懦的馬琴一邊默默抽菸，一邊盡力將思緒轉向家人。他面前擺著《水滸傳》，不安以此為中心，無法輕易離開腦海。此時正好華山渡邊登時隔許久來訪，看他和服裙褲打扮，腋下夾一個紫色包袱的樣子，他恐怕是來歸還借閱的書籍的吧。

馬琴很高興，特地出玄關迎接好友。

「今天來歸還借閱的書籍，順便請您看一樣東西。」

華山進了書房，果真這樣說道。細看一下，除了包袱之外，他似乎還帶了用紙捲著的畫絹。

「您有空的話，請過目一下。」

「好好，這就拜讀吧。」

華山彷彿掩飾著近乎興奮的心情，微笑著打開手中的畫絹。畫作畫了蕭索的裸樹，遠近疏落，當中站著兩名男子，二人拊掌談笑。林間散落著黃葉，亂鴉群聚林梢——看整個畫面，無一處不透著寒秋氣息。

馬琴的目光落在這幅淡彩的〈寒山拾得〉上面，心情漸漸變得溫潤，繼而兩眼生輝起來。

「跟往常一樣，真是很棒啊。我想起了王摩詰的詩句：『食隨鳴磬巢烏下，行踏空林落葉聲』[14]。」

十一

「這是我昨日畫成的，還滿喜歡的，就帶過來了。如果合先生之意，便送給先生。」

華山撫摸著剃鬚後的青腮，滿意地說道。

「說喜歡，當然只是在我迄今畫作中算拿得出手的，還是有力不從心之感啊。」

「那太感謝了。總是收您的厚禮，實在過意不去。」

馬琴打量著畫作，喃喃地表示感謝。尚未完成的工作，不知何故此刻突然閃現在他心底。而華山畢竟是華山，仍舊在思考自己的畫作。

14 引自中國唐代詩人王維〈過乘如禪師蕭居士嵩丘蘭若〉。全詩為：「無著天親弟與兄，嵩丘蘭若一峰晴。食隨鳴磬巢烏下，行踏空林落葉聲。迸水定侵香案溼，雨花應共石床平。深洞長松何所有，儼然天竺古先生。」

「每次看古人的畫，我總是想，人家為何能畫成這樣呢？樹是樹，石是石，人是人，全都活靈活現，而且畫中人物的心情也悠悠然感同身受。這實在是太了不起了。像我這樣的水準放在那裡，連孩子也算不上。」

「古人說過，後生可畏啊。」

馬琴見華山專注地思考自己的畫作，嫉妒般地打量著他，難得地來了句詼諧之語。

「後生的確可畏。所以，我們只是夾在古人與後生之間動彈不得，被推著向前走。不過，也不單單我們是這樣吧。古人也是，後生也都是的。」

「如果你不前進，馬上就會被推倒。於是，好歹邁出一步，是滿關鍵的。」

「沒錯，那是至關重要的。」

主人和客人都被自己的話感動了，好一會兒沒有作聲，傾聽著秋日的寧靜。

「《八犬傳》的寫作順利吧？」

過了一會兒，華山另覓話題。

「不，一直不順利，很無奈。看來也是不如古人啊。」

「您老這麼說的話，我等可就慚愧了。」

「要說慚愧，我比誰都慚愧啊。但別無他法，只能照這樣能走多遠就走多遠。帶著這種想法，我這陣子已做好了為《八犬傳》豁出老命的心理準備。」

馬琴說著，無奈地苦笑。

「儘管說是『戲作』，但好多地方是不能輕易下筆的。」

「這一點，我畫畫時也一樣。反正畫了開頭，我也覺得，希望能走多遠就走多遠。」

「彼此都是豁出命來幹吧。」

兩人放聲笑起來，笑聲裡流動著只有兩人才明白的寂寞。與此同時，主人和客人也都同時從這種寂寞中感受到一種振奮。

「不過，似乎畫畫令人羨慕啊。不必被大眾指責非議，這一點就比什麼都好。」

這回馬琴轉了話題。

十二

「才不會呢，先生的大作，不必有那樣的擔心。」

「哪裡哪裡，我擔心得很呢。」

馬琴舉了一個實例：審閱官負責圖書檢查，以「極為低劣」為由，指出小說中有一處賄賂官員的情節，命令修改作品。馬琴對此評論道：

「審閱官越是橫加指責，越是露出尾巴，豈不有趣嗎？因為自己接受賄賂，就不喜歡人家寫官員受賄，強迫人家改寫。又因為自己動輒起歪念，所以一遇上寫男女之情的，不管是什麼書，立即視之為誨淫之書。就這樣，自以為自己的道德心高於作者，實在令人受不了。說來無非就是『小猴照鏡子，齙牙更突出』的把戲罷了，自己低劣，卻還要生氣。」

馬琴的比喻太切實了，華山不禁失笑：「太是那麼回事了！但是，即便被迫改寫，那也不會成為先生的恥辱。不論審閱官說什麼，假如寫得很棒，終歸就是很棒。」

「還有，經常蠻不講理。就寫了區區一次送衣食進牢房裡，就被刪去了五、六行。」

馬琴自己說著說著，也跟華山一起嘻嘻笑起來。

「但是，過個五十年、一百年，審閱官不見蹤影，只有《八犬傳》留存下來了。」

「不管《八犬傳》能不能留下來，我倒是感覺任何時候，都會有審閱官存在。」

「是嗎？我倒是不覺得。」

「不，即使審閱官不存在，但像審閱官的角色，卻是任何時代都會有的。認為焚書坑儒只發生在從前，那是大錯。」

「先生近來盡說讓人灰心的話啊。」

「並不是我讓人灰心，是審閱官猖獗的社會讓人心灰。」

「那麼，就讓他們去忙好了。」

「似乎也沒有其他辦法了。」

「那，還繼續豁出命幹嗎？」

這回兩人都沒笑。不單沒笑，馬琴還臉色有些凝重地看著華山。華山這看似玩笑的話裡頭，有著奇特的尖銳性。

「但是，年輕人首先要知道如何生存下來。因為豁出命幹在任何時候都行。」停了一下，馬琴這樣說道。因為他知道華山的政治觀點，這時突然擔心起來了吧。但華山只是微笑，沒有任何回應。

十三

華山走後，馬琴化餘下的興奮為力量，像往常一樣面桌而坐，續寫《八犬傳》的稿子。往下寫之前，先將昨日寫的部分讀一遍，是他一直以來的習慣。所以，今天他也將行間都塗了紅的幾頁稿紙小心地重讀了一遍。

不知何故，寫好的部分並不合心意。字與字之間潛藏著不純的雜音，打破了整體的和諧。最初，他將這個情況解釋為自己心浮氣躁所致。

「自己此刻心情差，所以，已寫的部分，終歸是盡心盡力寫的。」

他這樣想著，又重讀了一次。但情節很糟這一點，仍跟之前一樣。他心亂如麻，不像一個老人家。

「再之前寫的又如何呢？」

他將之前寫的內容過目一次。這一來，感覺又淨是隨意、粗鄙、雜亂的句子充斥其間。他再往前讀。然後，他又讀了之前的之前寫的。

但是，隨著閱讀，結構拙劣和情節混亂的文字，就漸漸展現在眼前。裡面有泛泛的寫景，有不能觸動人的感歎，還有毫無邏輯的論辯。他花費數日寫下了好幾回的稿子，以他此刻的眼光來看，只是徒勞的饒舌而已。他突然感覺到一陣椎心的痛。

「這些只能都重新寫了。」

他心裡呼喊著，惱恨地將稿子往前一推，一手托腮歪在桌上。但他仍舊心有不甘吧，目光沒有離開桌面。在這張桌子上，他寫了《弓張月》，寫了《南柯夢》，如今又寫了《八犬傳》。桌面上的端硯、蹲螭鎮紙、蛤蟆形的銅筆洗、有獅子和牡丹浮雕的青瓷硯屏，以及刻有蘭花的竹根筆筒——這些文房用具，長久以來都與他的艱苦筆耕不離不棄。但即便看著這些東西，他當前的失敗，仍給他的畢生工作蒙上了陰影，討厭的不安揮之不去：他的能力，根本不適合寫作？

「到剛才為止，都以為自己在寫作一部當今之世無與倫比的大作。但說不定只是自我陶醉，只是一部平庸之作而已吧。」

這樣的不安，讓他極為難堪，一臉落寞。在他尊敬的中日文豪面前，他沒有忘記保持謙遜。但又正是為此，他對於同時代不起眼的作家，則是傲慢且十分不敬。這樣的他，又怎能輕易認可自己和他們是一丘之貉？甚至也都是可笑的「遼東豬崽——少見多怪」[15]呢？而且，他的「自我」太強，情感熾熱，不可能來一番「徹悟」、「放棄」，就饒過自己。

他伏在桌上，用失事船長眼看大船沉沒的目光打量著失敗的稿子，靜靜地與絕望戰鬥。如果此時不是身後的拉門猛地被打開，隨著一聲「爺爺我回來了」，一雙柔軟的小手摟住他的頸脖，他恐怕就要久久地被封鎖在這種憂鬱情緒之中了吧。孫子太郎一打開拉門，就以孩子的大膽和率直一下子跳到馬琴膝上。

15 「遼東豬崽」，喻少見多怪。典出《後漢書・朱浮傳》。

「爺爺，我回來了！」

「呵呵，這麼早回，太好了。」

話一出口，《八犬傳》作者滿是皺紋的臉上容光煥發，就像換了一個人。

十四

飯廳那邊傳來熱鬧的聲音，是妻子阿百的大嗓門和內向的媳婦阿路的說話聲。時不時夾雜著粗獷的男聲，似乎兒子宗伯也回來了。太郎跨坐在爺爺膝頭上，眼望天花板，豎耳傾聽大人說話。風吹得臉頰紅撲撲的，小小鼻翼一呼吸就翕動起來。

「哎，爺爺呀。」

身穿栗梅色帶家徽和服的太郎突然開口道。他臉上小酒窩時隱時現，一副認真思考，又要忍住笑的模樣——這情景自然而然就引人發笑。

「經常，每天。」

「嗯，經常……每天？」

「好好用功。」

馬琴終於大笑起來，邊笑邊接上話：

「然後呢？」

「然後——嗯——可不能發火啊。」

「哎呀呀，就這些了嗎？」

「還有呢。」

太郎說著，仰起線鬢[16]的腦袋，自己也笑了起來。馬琴見他眉眼彎彎，牙齒白白，笑著漾起小小的酒窩，實在想不到等孩子大了，要變成俗世之人那種可憐相。馬琴沉浸在幸福感裡的同時，這樣想著。這又進一步激發了他的興致。

「還有什麼呢？」

「還有呢，有好多事情呢。」

「是什麼事情？」

「嗯——爺爺您呀，因為您要更加了不起了。」

「所以呢？」

16 線鬢，日本舊時男子髮型的一種。把頭髮剃去，只留鬢角下面窄窄的一條，在腦後結成髻。

「所以嘛，人家說啦，您就得咬牙忍耐著點了。」

「我忍耐著呢。」馬琴不禁說出了真心話。

「人家說，您得更加、更加咬牙忍耐了。」

「這是誰說的呀？」

「這個嘛，」太郎淘氣地瞥他一眼，然後笑了，「是誰呀？」

「對了，你們今天去拜佛，是聽寺廟裡的和尚說的吧？」

「不是。」

太郎堅決地搖頭，從馬琴膝上欠起半個身子，略略伸出下巴，說道：「那個呀。」

「噢？」

「是淺草的觀音菩薩說的。」

這孩子說著，高興地笑起來，聲音大得整間屋子都能聽見。他突然從馬琴側面抽身躲開，生怕被馬琴逮住似的。然後拍著小手，彷彿成功捉弄了爺爺似的，逃往客廳去了。

就在這一刻，某種嚴肅的東西彷彿剎那間閃亮在馬琴心頭。他唇間浮現幸福的微笑，與此同時，他不知不覺已熱淚盈眶。他並不在乎這句玩笑話是太郎想出來的，抑或是他母親教他的。此時此刻，從孫子口中聽到這種話，實在不可思議。

「觀音菩薩說的嗎？快用功！別發火嘛。得更加咬牙忍耐啊。」

六十多歲的老藝術家點著頭，像孩子似的帶淚笑著。

十五

那天晚上。

馬琴在微暗的燈籠光線下續寫《八犬傳》的書稿。寫作期間，家裡人都不進入這間書房。在靜悄悄的房間裡，燈芯吸油的聲音和蟋蟀聲一道，徒勞地訴說著長夜的寂寥。

開始動筆時，他腦子裡似乎閃爍著微弱的光。隨著筆頭的進展——十行、二十行地寫下去，寫作漸漸順利。馬琴有經驗，明白是怎麼回事，他謹慎小心地寫下去。靈感到來和火完全相同，既不知它從何而來，一旦燃起，很快又熄滅……

「不必焦急，就這樣盡可能深入思考。」

馬琴一再這樣對自己嘀咕著，告訴自己不要一味求快。在他腦子裡，像有剛剛破碎的星星似的東西在流動，比河流還快。而那些東西越來越用力，不由分說地推著他。

不知何時，他耳中已聽不見蟋蟀聲。此刻燈籠光線微弱，他也絲毫不以為苦。筆下生風，一口氣揮灑在紙上。他以人神相搏的姿態，拚命往下寫。

腦子裡的河流恍如天空中的銀河，不知從何滾滾而來。他防備著那駭人的氣勢，擔心自己肉體之力萬一承受不了。於是，他緊握手中筆，一再這樣呼籲自己：

「拚盡力氣寫下去！此刻寫的東西若不拿下，也許再也寫不出來了！」

但是，類似光霧的河流絲毫不減其速度和力量，反而在眼花撩亂的躍動之中，向他洶湧而來，將一切東西淹沒。他完全被它擺布了。於是，他忘卻了一切，朝著那河流的方向，以狂風暴雨之勢驅筆縱橫。

此時，他王者般的眼中映出的東西，既不是利害，也不是愛憎。更不必說因毀譽而煩擾的心情之類，那些早已消失於眼底。所有的，只是不可思議的愉悅，或者是恍恍惚惚的、悲壯的感激。對於不知感激的人而言，如何能夠回味這戲作三昧的心境?!如何能夠理解戲作者莊嚴的靈魂?!正是在這裡，「人生」將洗去一切殘剩的渣滓，如同一塊新礦石，美麗地在作者面前閃耀……

＊＊＊

在那期間，客廳裡的燈籠周圍，婆婆阿百和媳婦阿路正面對面做著針線。已經讓太郎睡了吧。稍遠一點的宗伯，從剛才起就忙於把丸藥弄圓。

「爸爸還不睡嗎？」

不一會兒，阿百一邊往針上抹點髮油，一邊有點不滿地嘀咕道。

「肯定還在埋頭寫書吧。」

阿路眼不離針，回應道。

「不可救藥的人，寫那種東西也賺不了什麼錢的啦。」

阿百說著，看看兒子和媳婦。宗伯裝聽不見，不回應。阿路也繼續默默做著針線。蟋蟀一成不變地鳴著秋，無論在這裡，還是在書房。

大正六年（一九一七）十一月

女體

楊男是中國人。某個夏夜，他在悶熱中醒來，趴在床上，托腮亂想了一通。突然，他發現一隻蝨子趴在床鋪邊緣。在房間的昏暗燈光之中，蝨子小小的背部如同銀粉似的閃亮，牠似乎以睡在他旁邊的老婆的肩頭為目標，慢慢爬過去。老婆光著身子，從剛才起就臉朝著楊男這邊，安穩地發出鼻息。

楊男看著那隻蝨子慢吞吞的步子，心想，這樣的蟲子的世界會是什麼樣的呢？自己兩三步走過的地方，蝨子非得花上一個小時不可。而且，牠走來走去，充其量也就是床鋪上這麼點地方。自己要是生為蝨子，肯定很無聊……

不著邊際地想著，楊男的意識漸漸變得模糊起來。當然不是做夢，但似乎也不是現實，只是奇特地深深沉入恍恍惚惚的心情中。不久，他突然清醒了，自己的靈魂卻不知何時進入了那隻蝨子體內，正蠕動般爬行在散發汗味的床鋪上。事情太出乎意料了，楊男不禁茫然呆立，而讓他吃驚的還不僅僅如此——

他面前有一座高山。高山帶著柔和的弧度，從眼看不到的上方起，至面前的床鋪為止，如同碩大的鐘乳石垂了下來。它枕在床鋪的部分，彷彿內藏火焰，形成了淺紅色石榴果實的形狀。除了那裡，整座山潔白無瑕。那種白是如同凝脂般柔和、滑膩的白色，就連山腹平緩的凹陷處，也正如月光映照白雪，只是形成了一個稍帶藍色的影子。更多承受光線的部分帶著雪融般的玳瑁色光澤，在遙遠天際描繪出任何山脈都見不到的、一道美麗的弓形曲線……

楊男驚歎著睜開眼睛，眺望著這座美麗的山峰。而當他知道，這座山就是他老婆的一個乳房時，他真不知多麼驚訝！他忘記了愛憎乃至性欲，守望著這座象牙山似的巨大乳房。他驚歎之餘，似乎連被窩的汗味都忘記了，凝固般一直沒動彈。——楊男直至變成了一隻蝨子，才得以如實地看待老婆的肉體之美。

但是，對藝術之士而言，應如蝨子般看的東西，又何止女體之美這一樁。

大正六年（一九一七）九月

小白

一

一個春天的午後。小狗小白嗅著泥土，走在安靜的街上。狹窄的街道兩旁，是正在萌芽的長長綠籬，而在那些綠籬中間，稀落的櫻樹也開著花。小白沿著綠籬走，突然就拐進了橫街。剛剛意識到拐了個彎，牠突然就吃驚地站住了。

事出有因：在距那條橫街約十五公尺遠處，一名身穿號坎的打狗人，正把套索藏在身後，盯住一條黑狗。而且黑狗一無所知，正在吃打狗人扔給牠的麵包。但是，小白吃驚不是這個原因。不認識的狗就算了，此刻被打狗人盯上的，正是鄰居的家犬小黑！每天早上相見時，牠們都嗅嗅彼此的鼻子，關係最好了。

小白不禁要大聲喊「小黑哥！危險呀」，但就在那節骨眼上，打狗人狠狠瞪了小白一眼。「你喊試試！我就先套住你！」——打狗人的眼神裡分明是恐嚇。小白嚇壞了，忘記了吠叫。不，牠不但忘記了，還嚇壞了。小白留意著打狗人，開始一步一步後撤。就這樣，等綠籬一遮擋住打狗人的身影，牠便丟下可憐的小黑，一溜煙地逃走了。

也許正好在那一瞬間，套索就甩出去了吧，接下來就聽見了小黑尖銳的吠聲。但是小白不但沒有回頭，連止步的意思都沒有。牠越過小泥潭，踢開小石頭，鑽過封路拉繩，撞翻了垃圾桶……牠頭也不回地繼續奔逃。看吧！牠衝下山坡！哇！差點就給汽車輾死！小白也許一心只想著活命了。不，在小白的耳鼓深處，此時仍嗡嗡迴響著小黑的吠叫聲。

「汪汪！汪汪！救命啊！汪汪！汪汪！救命啊！」

二

小白氣喘吁吁，終於回到主人家。鑽過院牆下的狗洞，繞過雜物間，就是狗屋所在的後院。小白一陣風似的衝向後院的草坪，逃到了這裡的話，就不用擔心被繩索套了。加上青青的草坪上，正好有小姐和少爺在扔球玩呢。小白見此情景，滿心快樂，牠搖動尾巴，一躍撲向草地。

「小姐！少爺！我今天遇上打狗人了呀！」

小白仰望著兩人，還沒喘過氣就說了。（不過小姐或少爺並不懂狗語，只聽見了汪汪叫而已。）但是，不知今天怎麼了，小姐也好，少爺也好，都愣愣的，都沒有上前摸摸小白的頭。小白覺得不可思議，再次對兩人說：「小姐！您知道打狗人嗎？好可怕的傢伙啊。少爺！我逃過了一劫，但鄰居家的小黑遭毒手了啊！」

儘管如此，小姐和少爺只是面面相覷。還不止呢，過了一會兒，兩人甚至說出了這樣奇怪的話來：

「這是誰的狗啊，春夫？」

「是哪裡的狗呢，姊？」

哪裡的狗？這回倒是小白呆住了。（小白是實實在在能聽懂小姐和少爺話的。因為人不懂狗語，所以以為狗也不懂人的話，但實際上並不是這樣。狗掌握本領，是因為牠懂人的話。但是因為我們聽不懂狗的話，所以我們就完全掌握不了狗教給我們的技能，諸如黑暗之中視物呀、極其敏銳的嗅覺呀等等。）

「說什麼『哪裡的狗』啊？是我呀！就是小白呀！」

然而，小姐仍舊厭惡地打量著小白。

「牠是鄰居小黑的兄弟吧？」

「也許是小黑的兄弟呢。」少爺也玩弄著球棒，深思熟慮後說道。

「因為這條狗也是全身黑漆漆的。」

小白猛地汗毛倒豎起來了。我全身黑漆漆！怎麼可能！因為小白自幼犬時起，就白得跟牛奶似的。但如今看看前腳——不！不僅是前腳，就連胸部、腹部、後腳，甚至那條高雅挺立的尾巴，也全都是鍋底似的漆黑。漆黑！漆黑！小白瘋了似的蹦了起來，左躥右跳，拚命吠叫起來。

「哎呀，怎麼回事，春夫？這條狗一定是瘋狗吧！」

小姐束手無策地站在那裡，眼看就要哭出來了。但是少爺很勇敢，小白左肩挨了一下球棒，隨即第二棒就向著腦袋打來。小白連忙鑽過他的身下，原路逃走。不過這回牠不像剛才那樣，跑出一兩條街那麼遠。在草坪旁邊的棕櫚樹下，有塗成奶油色的狗屋。小白來到狗屋前，回頭望向兩個小主人。

「小姐！少爺！我就是那個小白呀。即便變得漆黑一團，我還是那個小白呀！」

小白的聲音因為無法言喻的悲憤而顫抖。但是，小姐和少爺不可能明白小白的心思。現實中，小姐厭惡地說：

「牠還在那裡叫呢！真是一條賴皮野狗啊。」她邊說邊跺腳。少爺也是——少爺撿起路邊石頭，用力向小白扔過來。

「畜生！還拖拖拉拉幹什麼？還不滾？還不滾嗎？」石頭連續不斷地被扔過來，小白的耳根被砸中，幾乎要流血了。小白最終捲起尾巴，鑽到院牆之外。在院牆之外，一隻滿身銀粉的白紋蝶沐浴著春日陽光，快樂地翩翩起舞。

「唉呀呀，從今天起，我變成流浪狗了嗎？」

小白歎著氣，在電燈柱下站了好一會兒，迷茫地望著天空。

三

小白被小姐和少爺趕出家門，在東京街頭四處流浪。但是，不論走到哪裡，牠都忘不了自己變成一身漆黑的事。小白害怕理髮店的鏡子，它映照出客人的臉；害怕路上的水窪，它映出了雨後的天空；害怕櫥窗的玻璃，它映出路上的綠葉。不，甚至連咖啡桌上斟滿黑啤酒的杯子也害怕，可是怕又能怎麼樣呢？請看那輛汽車吧，對對，那輛停在公園外面、很大的黑色汽車。黑漆反光的車身映出了正走過來的小白的身影，清清楚楚，就像一面鏡子。像這輛等客人的汽車一樣，能映照出小白身影的東西到處都有。要是小白看見了，該嚇死了吧。嘿，瞧瞧小白的臉。小白苦著臉念念叨叨，隨即跑進了公園裡。

在公園裡，風正微微吹動懸鈴木的嫩葉。小白垂著頭，穿行在樹木之間。還好，在這裡除了水池之外，沒有其他能映照出身影的東西。聽得見的，只有圍繞著白薔薇飛的蜜蜂的聲音而已。在和平的公園空氣裡，小白一時間忘記了自己變成醜陋的黑狗的悲哀。

然而，就連這樣的幸福感也持續不了五分鐘。小白做夢一樣，走到沿路有長椅的路邊。這時，那條路的拐角那頭，響起了激烈的狗吠聲。「汪汪！汪汪！救命啊！汪汪！汪！救命啊！」

小白不禁顫抖起來。這聲音讓小黑可怕的最後一幕，在小白腦中再次清晰地浮現。然而那也就是一瞬間的事，小白發出淒厲的吼叫，又猛地回頭看。

「汪汪！汪汪！救命啊！汪汪！汪汪！救命啊！」

這聲音在小白耳中還聽出了這樣的話：

「汪汪！汪汪！別當膽小鬼呀！汪汪！別當膽小鬼呀！」

小白頭一低，衝向發出聲音的方向。

然而到了那裡一看，出現在小白面前的，並不是什麼打狗人，只是兩三個穿西服的小孩，像是在放學的路上，牽著一條茶色小狗，邊走邊嚷嚷著。小狗拚命想掙脫繩子，反覆喊著「救命啊」。但是，孩子對牠的呼喊完全不加理會，只是笑著、呵斥著，或者用腳踢一下小狗的腹部而已。

小白毫不猶豫地對著孩子吠起來。孩子都嚇了一跳，驚呆了。現實中，小白擺出了一副凶狠的架勢：兩眼像火焰在燃燒，露出了兩排尖利的牙齒，眼看就要撲上來。孩子四散而逃，其中有人狼狽之餘，跳進了路邊的花壇裡。小白追出五、六公尺之後，回頭看著小狗，教訓道：

「過來，跟我一起走吧。我送你回家。」

小白又奔跑起來，回到原先的樹叢之中。茶色小狗也快活地鑽過長椅，衝開薔薇，緊跟小白跑起來。牠脖子上還拖著一條長長的牽繩。

* * *

兩三個小時之後，小白和茶色小狗佇立在寒磣的咖啡館前。大白天也微暗的咖啡館裡頭，聲音嘶啞的留聲機播放著浪花調。小狗得意地搖晃著尾巴，對小白說道：

「我就住在這裡，這間叫大正軒的咖啡館。大叔您住在哪裡呢？」

「大叔？大叔住在很遠的城市裡。」

小白寂寞地歎了一口氣。

「那大叔該回家了。」

「請等一等。大叔的主人很囉唆嗎？如果主人不是很囉唆，您就在這裡住上一晚再走吧。然後我讓我媽答謝您的救命之恩。我家裡有各種好吃的東西：牛奶啦、咖哩飯啦、牛排啦，等等。」

「謝謝，謝謝。不過大叔有事，下次再接受招待吧。那就代我向你媽媽問好吧！」

小白瞄一眼天空之後，靜靜地走在石板路上。咖啡館屋簷一角的天空中，月亮在發亮。

「大叔，大叔！叫您呢，大叔！」

小狗傷心地撒著嬌。

「那您至少告訴我名字吧。我的名字是拿破崙，人家也叫我小娜或者娜汪汪。大叔您叫什麼名字呢？」

「大叔的名字就叫小白啦。」

「您叫小——白？叫小白很奇怪哩，大叔不是一身黑嗎？」

小白激動得說不出話來。

「但我就是叫小白嘛。」

「那我就叫您白叔叔啦。白叔叔，請務必再來！」

「好吧，娜汪汪，再見！」

「白叔叔！再見，再見啦！」

四

之後的小白怎麼樣了？那可是一言難盡，各種報紙都有報導，恐怕無人不曉吧。諸如有一條勇猛的黑狗，屢屢救人於危難之間。另有一部名為《義犬》的影片流行一時，那條黑狗正是小白。但是，如果不巧還有人不知道的話，請千萬讀一下以下引用的新聞報導：

《東京日日新聞》：昨日（五月十八日）上午八時四十分，奧羽線上行特快列車通過田端站附近的平交道時，因平交道值班者的過失，田端一二三公司職員柴山鐵太郎的長子實彥（四歲）進入了列車通過的鐵路裡面，眼看要發生輾死人的事故。就在那時，一條勇猛的黑狗像閃電一樣衝入平交道，在千鈞一髮之際從車輪下成功救出了實彥。這條勇敢的黑狗在群情激動之時悄然離去，當局要大力表彰卻無從做起，無法實施。

《東京朝日新聞》：美國富豪愛德華．巴克萊先生的夫人正在輕井澤避暑，她寵愛一隻波斯貓。最近的某天，她的別墅裡出現了一條大蛇，長七尺有餘，企圖吞噬露臺上的波斯貓。此時，一條陌生的黑狗突然衝出來救了貓，並在長達二十分鐘的搏鬥之後，終於把那條大蛇咬死。但是，這條勇犬卻悄然離去，夫人為此懸賞五千美元，尋找勇犬的下落。

《國民新聞》：橫跨日本阿爾卑斯山的途中，曾一時下落不明的三名第一高等學校的學生於七日（八月）抵達上高地的溫泉。一行人在穗高山與槍岳之間迷路，且因之前的暴風雨失去了帳篷糧食等，身陷絕境。然而，一條黑狗不知從何而來，出現在一行人徘徊的溪谷，像引路一樣走在前頭。一行人緊隨其後，步行一日之後，終於抵達了上高地。然而，據說當眼前出現溫泉旅館的屋頂時，黑狗就歡叫一聲，消失於來時的竹林之中了。一行人都相信這條黑狗的出現，就是神明的保佑。

《時事新報》：十三日（九月）的名古屋市大火，燒死人員達十餘名，橫關市長也差一點痛失愛兒。因家人的疏忽，市長公子武矩（三歲）被遺留在大火熊熊的二樓。就在一切即將化為灰燼之際，孩子被一條黑狗叼出。市長主張，今後在名古屋市範圍內禁止捕殺野犬。

《讀賣新聞》：在小田原町城內公園，連日遊客爆滿的宮城巡迴動物園有一隻西伯利亞產的大狼於十月二十五日下午二時許突然破籠而出，在咬傷兩名值班守衛之後，往箱根方向逃走。小田原警署為此緊急動員，在全町布置了警戒線。在下午四點半左右，上述的狼出現於十字町，與一條黑狗互相撕咬。黑狗經一番惡鬥，終於制服了敵手。此時值勤員警也趕到，直接將狼擊斃。據說該狼名為盧普斯·捷艮提克斯，是最為凶猛的狼種。另外，宮城動物園園主以不當射殺狼為由，怒稱要起訴小田原警署的署長。等等。

五

一個秋天的深夜，身心俱疲的小白回到了主人家。小姐和少爺當然早就就寢了，不，此刻全家都已睡下了吧。只有靜悄悄的後院草坪上，高高的棕櫚樹樹梢掛著一輪白白的月亮。小白在從前的狗屋前躺下，讓被露水濡溼的身體休息。然後，牠以寂寞的月亮為對象，開始自言自語起來。

「月亮啊月亮！我因為對小黑哥見死不救，自己的身子變得漆黑，大概就是這個原因吧。但是，我告別小姐、少爺之後，遭遇的所有危險，我都勇敢戰鬥過了。原因之一，是我一見這比煤還要黑的身體，便以膽怯為恥。然而，到最終為這討厭的黑色——為殺死黑色的我，我又衝火場，又鬥惡狼。但不可思議的是，任何強敵都無法奪去我的性命。死亡一見我的模樣，就逃去無蹤。痛苦之下，我決心自殺了事。只是自殺之前，我想看一眼曾經寵愛我的主人。當然了，到明天如果小姐、少爺看見了我，一定又以為是一條野狗吧。說不定會被少爺的球棒打死呢。但是，那也是我心甘情願的。月亮啊月亮！我除了見主人一面，別無他求，為此我今晚千里迢迢回到這裡來了。祈求天一亮就讓我見到小姐和少爺吧。」

小白自言自語說完了，就在草坪上躺下，不知何時起沉沉睡去了。

＊＊＊

「嚇我一跳哩，春夫。」

「怎麼了，姊？」

隨著小主人的說話聲，小白明明白白地睜開了雙眼。牠一看，小姐和少爺站立在狗屋前，難以置信地面面相覷。小白將一度抬起的目光又低伏在草坪上。在小白變得漆黑時，小姐和少爺也像現在那麼驚訝。一想到當時的悲傷——小白此刻甚至對歸來有了後悔之意。就在這時，少爺突然猛撲上來，大聲喊了起來：

「爸爸！媽媽！小白又回來了！」

小白！小白不禁蹦了起來。牠還想要逃走吧。小姐伸出雙手，緊緊地抱著小白的脖子。與此同時，小白將自己的目光移到小姐的眼睛上。在小姐的眼睛裡，黑色的瞳仁上清清楚楚映出了狗屋。高高的棕櫚樹蔭蔽下，奶油色的狗屋，那是理所當然的啊。但是，在那間狗屋之前，能看見小得一顆米粒似的，坐著一條白狗！清秀，修長。小白癡癡地看著這條狗的模樣入神。

「哎呀，小白哭了呀。」

小姐緊緊抱著小白，抬頭仰望少爺的臉。至於少爺——你瞧，他橫著呢！多威風！

「哈，姊姊自己也哭了嘛！」

大正十二年（一九二三）七月

湖南的扇子

除了出生於廣東的孫逸仙等人，突出的中國革命家——黃興、蔡鍔、宋教仁等，全都是湖南出生的。不用說，這也有曾國藩、張之洞的感化之功吧。但是，為了說明這種感化，還必須考慮湖南民眾自身的倔強、不服輸。我去湖南旅行時，偶遇一個戲劇性的小事件。說不定這個小事件，還揭示了熱烈的湖南人的面目……

* * *

大正十年（一九二一）五月十六日下午四時許，我搭乘的「沅江丸」停靠在長沙的棧橋。

我憑靠著甲板的欄杆，眺望迫近左舷的湖南省城。陰天的高山前是白牆瓦頂的屋子，長沙比預想中寒磣。尤其是局促的碼頭周圍，只看見新建的紅磚洋房和柳樹，幾乎跟飯田[1]河邊的一模一樣。因為我當時對於長江沿岸的大城市感覺幻滅，所以對長沙也早有心理準備，當然除了豬之外，沒有什麼可看的。但是，如此寒磣，仍予我近乎失望之情。

「沅江丸」順從命運般地靠近棧橋。與此同時，翠綠的湘江也逐步變窄。這時，一名髒兮兮的中國人挽著提籃，突然從我眼皮底下輕巧地躍向棧橋。與其說那是人的跳躍，毋寧說更像一隻蝗蟲所為。轉眼間，又有一位持扁擔者靈巧地躍過水面。緊接著，兩人、五人、八人——在我眼皮底下，就是這麼一大片持續不斷躍向棧橋的中國人。此時，船不知不覺已穩穩橫靠在紅磚洋房和柳樹之前。

我終於離開欄杆，去找同「公司」的B先生。在長沙待了六年的B先生，預定今天上「沅江丸」來接我的。但我一時間沒有找到B先生的身影。不僅如此，上下舷梯的都是老弱的中國人，他們互相推推擠擠，嘴裡嘀嘀咕咕。尤其是一位老紳士，他一邊下舷梯，一邊回身去揍一名苦力。我溯長江而來，對這類事情已見怪不怪。也大可不必因此而多謝長江。

我漸漸焦躁起來，再次憑靠在欄杆上，打量著人潮來去的碼頭周圍。那裡不用說至關重要的B先生，就連一個日本人也看不見。但是，在棧橋對面——在枝繁葉茂的柳樹下，我發現了一個中國美人。這女子藍色的夏衣胸口掛著一個牌子，滿孩子氣的。也許我就是被她這一點吸引住了。她仰望著高高的甲板，深紅的嘴唇浮現出微笑，像跟人打招呼似的搖著半開的扇子……

「哎，你好！」

我吃驚地回過頭。不知何時我身後來了一位穿灰色大褂的中國人，笑容可掬。我一時弄不清楚這位中國人是誰，不過，他的臉——尤其是他細細的眉毛，隨即讓我想起了一位舊友。

「嘿，是你啊。對了對了，你說過你是湖南人啊。」

「是的，我在這裡開店。」

譚永年是留學生中的才子，和我同期由一高[2]考入東大醫科。

「你今天來接人嗎？」

「對，我來接人——你覺得我是接誰？」

「不是接我吧？」

譚嘶嘶嘴，笑著做個怪相。

1 飯田，日本長野縣南部的城市。

2 一高，日本舊制公立高等學校之一，創立於一八八六年。夏目漱石、川端康成等人也畢業於該校。

「我就是來接你的。B先生不巧五、六天前得了瘧疾。」

「那你是B先生拜託來的？」

「就算他不拜託我，我也打算來。」

我想起他昔日的友善：在我們宿舍的生活中，誰都對譚沒有惡感。即便在我們中間多少有點評價不好，也如同寢室的菊池寬所說，那也實在說不上是惡感……

「但麻煩你不好意思啊，其實我還請B先生安排住處……」

「住處我跟日本人俱樂部說了，住半個月或一個月都沒問題。」

「住一個月？可不能開玩笑啊，我住三個晚上就行。」

譚與其說是吃驚，毋寧說是一下子興趣大減的樣子：

「只住三晚？」

「除非有土匪被砍頭之類的可看，我就……」

我一邊這樣回答，一邊預想著長沙人譚永年繃起臉。但是，他再次和顏悅色、毫不介意地回應了。

「你一週前來就好了。那邊看得見一小塊空地吧……」

那是一所紅磚洋房的前面——正好是柳樹枝繁葉茂處。而剛才那位中國美人不知何時已經不在那兒了。

「在那裡，大約五個人一起被砍頭了。喏，就是那隻狗走過的地方……」

「哎呀，太遺憾了。」

「唯有斬首刑，在日本是看不到了。」

譚大笑之後，變得有點認真了，他乾脆地把話頭一轉，說道：

「我們走吧？車子在那邊等著呢。」

＊＊＊

十八日的下午，我聽從了譚的建議，去遊覽隔著湘江的嶽麓山上的麓山寺和愛晚亭。搭載我們的汽艇，從本地日本人稱為「中島」的三角洲往左拐，在湘江上行駛了兩個小時左右。晴朗的五月天，兩岸風景歷歷在目。我們右邊的長沙，也閃耀著白牆壁、瓦房頂，看起來不像昨天那麼陰鬱。石垣長長的三角洲裡，有茂盛的橘子樹，不時還露出別致的小洋房。

洋房之間的繩子上掛著晾曬物，閃閃發亮，鮮活地呈現在眼前。

譚因為要對年輕的船老大發指令，站在船頭。但他與其說發指令，毋寧說是不停地對我說話。「那裡是日本領事館……你用看戲的望遠鏡瞧瞧……它右邊是日清汽船公司。」

我叼著一支菸，一隻手伸出艇外，時不時讓手指尖觸到江水。譚的話是我耳邊唯一的噪音。但是，按他的指點觀賞兩岸風景，當然也十分愜意。

「這個三角洲名叫『橘子洲』……」

「噢噢，有老鷹的叫聲。」

「老鷹？哦，老鷹也很多。之前，在張敬堯和譚延闓打仗的時候啊，當時好些張的部下的屍體順流而下。於是，每具屍體上，就飛下來兩三隻老鷹……」

正在此時，我們乘坐的汽艇與另一艘汽艇隔十公尺左右相錯而過。那艘汽艇上除了一個著中國服飾的青年人之外，還有兩三位打扮漂亮的中國美人。我與其說看這些中國美人，毋寧說是關注那艘汽艇飛馳而過帶起的浪。但是，話說半截的譚見了他們，馬上就像遇到仇敵一樣，慌慌張張地遞給我看戲的望遠鏡，說道：

「快看那女的！坐在船頭的女子。」

人家越是催促我，我就越容易慢慢來，這是天生的。不僅如此，那艘汽艇帶起的浪花餘波還沖刷著我們汽艇的船邊，從我的手浸溼到袖口。

「為什麼？」

「嘿，先別問為什麼，快看那女的！」

「那些美人？」

「對對，是看美人，是看美人。」

不知不覺中，搭載他們的汽艇相距有二十來公尺遠了。我好不容易扭過身子，調節好看戲望遠鏡。與此同時，突然又產生了對方汽艇猛地後退了的錯覺。「那女的」在圓形鏡頭裡，微微歪著臉，看來是在聽別人說話，時不時還展露微笑。她的方臉除了眼睛大之外，並不特別漂亮。但她的劉海和淺黃色夏衣在江風帶起的波浪中，看起來很美。

「看見了嗎？」

「嗯，連睫毛都看見了。可不算很美啊。」

我再次對有點自鳴得意的譚點點頭。

「那女子有什麼情況嗎？」

譚一反他說話時的常態，慢吞吞點上一支菸，然後反過來問我：

「昨天我說過吧——在棧橋前那塊空地上，砍了五個土匪的腦袋。」

「嗯，我記得。」

「那夥人的頭目叫黃六一——噢噢，他也被砍頭了——他在湖南是個臭名昭著的壞蛋，據說他能右手持步槍、左手握手槍，同一時間射殺兩人……」

譚突然說起了黃六一的劣跡。他說的情況大致上是報紙報導的吧。不過，所幸故事與其說很血腥，毋寧說是富於浪漫色彩。黃平日裡被走私者稱為「黃老爺」，曾強搶某湘潭商人三千元；又曾背起大腿中彈負傷的二當家樊阿七游過蘆臨潭；還在岳州某山道上，打倒了十二個兵——譚說個不停，令人覺得他很崇拜黃六一似的。

「總之，據說那傢伙犯了一百一十七個殺人案子呢。」

他敘述中間，還時不時這樣加插注釋。我自己既然沒有受損害，自然也不會怨恨土匪。只不過要論大膽逞英雄，吹噓這種大同小異的事情，卻多少讓我覺得無聊。

「那麼，那女的是怎麼回事呢？」

譚終於笑嘻嘻地回答我，距我內心預想的所去不遠：

「那女的，就是黃六一的情婦。」

我沒法隨著他的注解發出驚歎，但仍舊叼著菸，一副哭喪臉也太不給面子了。

「呵呵，土匪也很趕時髦啊。」

「嘿，姓黃的沒什麼了不起啦。前清末年，強盜蔡之類的傢伙，月入過萬呢。這傢伙在上海的租界外建起了大洋樓。別說老婆，就連妾也都……」

「那麼，那女的是藝妓什麼的嗎？」

「對，她是藝妓，藝名玉蘭。黃六一在世時，她可橫掃……」

他好像想起了什麼事情，停了一會兒沒說話，臉上帶著笑意。但過了一會兒，他扔掉菸蒂，認真地對我說道：

「嶽麓山有一所學校，叫湘南工業學校。我們直接過去參觀一下如何？」

「嗯，看看也無妨。」

我態度曖昧地回答。因為昨天早上我們去參觀某女子學校，對意外強烈的排日氣氛感覺不快。但是，搭載我們的汽艇並不理會我的心情，在「中之島」鼻尖前繞一個大圈，在陽光燦爛的水面筆直馳向嶽麓山……

＊＊＊

同一天晚上，我和譚踏上了一間妓館的樓梯。

我們被帶往二樓的房間，這裡無論房間中央的桌子，還是椅子、痰盂、衣櫥，都幾乎與上海或者漢口的妓館無異。但這個房間的天花板一角，一個銅絲鳥籠子掛在玻璃窗邊。籠子裡有兩隻小松鼠，悄無聲息地在橫木上跳上跳下。它跟窗戶、門口垂下的紅色印花布一樣，一定是稀罕擺設。但是，至少在我眼裡，是滿沒意思的。

在房間裡迎候我們的，是一名胖胖的老鴇。譚一見她，馬上不客氣地說了幾句。她也殷勤而圓滑地應對著。我對他們說的話一竅不通（這當然是因為我自己不懂中文，但據說懂北京官話的人也幾乎聽不懂長沙話）。

譚跟老鴇說話之後，和我在大紅木桌子旁相對坐下。然後，他開始在她拿來的印刷的局票上填寫妓女的姓名。張湘娥、王巧雲、含芳、醉玉樓、愛媛媛——對我這個旅行者來說，這些名字全都是中國小說女主人公常用的名字。

「把玉蘭也叫上？」

我想回答，但不巧因老鴇給我遞火，我正在深吸一口菸。譚隔著桌子看我一下，就揮筆寫好了。

這時，一名圓臉妓女大大方方走了進來，她戴著金絲眼鏡，氣色很好。她的白色夏衣上，有幾顆鑽石閃爍光芒。不僅如此，她還有網球或者游泳運動員的體格。對她這麼一副身姿，我與其說感覺到美醜或好惡，毋寧說是極端的矛盾。她跟這房間裡的氣氛——尤其是跟鳥籠裡的小松鼠相比，顯得十分不協調。

她用眼神向我稍稍致意，然後蹦跳著來到譚身邊。她一在譚身邊坐下，就把一隻手擱在他的膝蓋上，鶯聲婉轉地說了什麼。譚也——譚當然是得心應手地「是啊是啊」地回應著。

「她是這家的小姐，叫林大嬌。」

譚說話時，我回想起來，譚是長沙少有的富家子弟。

約十分鐘之後，我們還是面對面坐著，開始吃川菜晚飯，有香菇、雞、白菜之類的。除了林大嬌之外，還有許多妓女圍著我們。不僅如此，在她們後面，還有戴鴨舌帽之類的五、六名男子，手拉著京胡。妓女坐著，不時被京胡帶出高亢的唱腔。我對這些也並非全無興致。但相對於京腔的《擋馬》或西皮調的《汾河灣》，我對坐在左邊的妓女感興趣得多。

坐在我左邊的，是我前天在「沅江丸」上僅僅瞥過一眼的中國美人。她藍色的夏衣胸前，仍舊掛著那個牌子。到了面前來看，她算是柔弱，卻並不顯得天真爛漫。我看著她的側臉，聯想到背陰處成長的小小球莖植物。

「哎，你身邊坐的是——」

譚的臉因喝了老酒而脹紅，他帶著親切的微笑，突然隔著滿滿一碟蝦，對我說道：

「她叫含芳啦。」

我看看譚的臉，不知為何，沒有了向他解釋前天看見過她的心情。

「她說話很好聽。說R音像個法國人。」

「對，因為她是北京出生的。」

含芳似乎明白自己成了我們的話題。她一邊時不時瞥我一眼，一邊飛快地和譚對話。但我跟啞了似的，此時也跟平時一樣，只能輪番看看兩人的神態。

「她問你何時來長沙的，我回答說前天剛到。她說前天她也去碼頭接人了。」

他這樣翻譯之後，又跟含芳說話。她只是微笑著，像孩子似的不情願的樣子。

「嘿，她就是不肯坦白。我問她去接誰……」

這時，林大嬌突然用手中的香菸指著含芳，嘲諷似的說了什麼。含芳明顯地一愣，突然按住了我的膝頭。不過她好不容易微笑了，馬上又回敬了一句。我當然對這場戲——或者這場戲背後明顯的敵意感到好奇。

「哎，她們說什麼了？」

「她說沒接誰啦，是去接了媽媽。但是剛到這裡的一個先生說她大概是去接長沙的某某大官。」（我不巧沒把那個名字寫下來。）

「媽媽？」

「所謂的媽媽，是指名義上的媽媽啦。也就是說，是她和玉蘭所屬的這家妓院的老鴇。」

譚回答了我的問題，將杯中老酒一仰而盡，然後就滔滔不絕起來。我除了「這個、這個」之外，完全聽不懂。他說的也許很有趣，妓女、老鴇都用心聽著。不僅如此，她們還不時瞥我一眼，由此看來，似乎跟我還有點關係。我滿不在乎地抽著菸，但漸漸就焦躁起來了。

「混蛋！你們在說什麼呢？」

「我在說，今天去嶽麓的途中遇上玉蘭了。然後……」

譚舔舔上嘴唇，比之前更加起勁了。

「然後說，你想看砍頭。」

「什麼呀，沒意思。」

我聽了這樣的解釋，並不覺得對尚未露面的玉蘭有什麼同情，她的朋友含芳也算不上特別可憐。不過，當我看含芳的臉時，理智上就很明白她的心思了。她的耳環震顫著，在桌下的膝上，將手帕打了結又解開。

「來，看看這個有沒有意思？」

譚從身後的老鴇手上接過一個小紙包，得意揚揚地打開。紙包裡包著一塊奇特的東西，巧克力顏色、乾巴巴的煎餅大小。

「這是……什麼？」

「這個嗎？就是一塊餅乾啦。噢，我剛才說過土匪黃六一的故事吧？這可是蘸了黃六一脖子上的血的。就這東西，日本可是見不到的。」

「那東西用來做什麼？」

「做什麼？就是吃呀。我們這地方至今認為，吃了它可保無病無災。」

譚開心地微笑著，向此時要離桌的兩三名妓女寒暄。他見含芳要站起身，幾乎是乞憐般笑著說了什麼。不僅如此，他最後還抬起一隻手，指指正對面的我。含芳略微遲疑之後，才再次展現微笑在桌子旁坐下。我覺得她好可愛，不為人知地悄悄握住她的手。

「迷信到這個地步，可謂國恥呢。我身為一名醫生，強烈批評這種現象……」

「就因為有砍頭罪才會有的呀。在日本，也有人服用腦子燒成的灰。」

「真的呀？」

「嗯，是真的。我也喝過。尤其是小時候……」

正聊著，我察覺玉蘭來了。她跟老鴇說了幾句，然後在含芳身邊坐下。

譚見玉蘭來了，又將我丟下，笑容可掬地向她示好。她絕對比起在屋外要好看幾分。至少她一笑，牙齒就像琺瑯一樣閃亮，很好看。但是我看見她的齒列，就自然聯想到松鼠。在放下了紅色印花布的玻璃窗旁，鳥籠子裡的兩隻松鼠輕快地跳上跳下。

「那，這個來一塊？」

譚掰開一塊餅乾。餅乾斷口處也是同樣的顏色。

「別亂來！」

我當然搖頭。譚大笑之後，又勸身邊的林大嬌吃一小片餅乾。林大嬌有點皺眉頭，斜著推開他的手。他拿同樣的玩笑試了好幾名妓女。在這過程中，不知不覺就有一小片褐色餅乾遞到了和善地笑著、沒有動彈的玉蘭面前。

我突然有點想聞一下那塊餅乾的衝動。

「哎，讓我瞧瞧。」

「可以，這裡還有半塊。」

譚左撇子似的把剩下的那塊丟過來。我從小碟子和筷子之間撿起了那片餅乾。我好不容易拿起來了，但突然又不想聞了，於是默默地丟到桌子底下。

這時，玉蘭盯著譚的臉，交談了兩三句，然後接過餅乾，在舉座矚目之下，快快地說了幾句話。

「怎麼樣，翻譯給你聽聽？」

譚手肘撐桌面托著腮，聲調怪怪地對我說道。

「嗯，請你翻一下。」

「好嗎？我逐字逐句翻譯啦。我很高興品味我所愛的……黃老爺的血……」

我感覺身體在顫抖，那是按著我膝頭的含芳的手在發抖。

「敬請各位也跟我一樣……將自己所愛的人……」

就在譚翻譯之時，玉蘭美麗的牙齒已經開始咀嚼餅乾……

* * *

我按原定計畫住了三個晚上，五月十九日下午五時許，跟之前同樣憑靠在甲板欄杆上。白牆瓦頂層疊的長沙對我而言有點令人生畏，一定是逐漸降臨的暮色的影響吧。我叼著菸捲，好多次回想起親切殷勤的譚永年的面容。嗯，不知何故他沒來為我送行。

「沅江丸」離開長沙，好像是七點或七點半。我用過餐之後，在昏暗的艙室燈光下，計算了一下我的滯留費用。我面前有一把扇子，在不足兩尺長的桌外垂下桃紅色的流蘇，這把扇子是我來這裡之前有人落下的。我揮動鉛筆，時不時想起譚的面容。我不清楚他要折磨玉蘭的理由。但是，我的滯留費用——我至今記得：換算為日本錢的話，正好是十二日圓五十錢。

大正十五年（一九二六）一月

山鷸

一八八〇年五月某日的傍晚，伊凡．屠格涅夫時隔兩年再訪亞斯納亞．波利亞納，和主人托爾斯泰伯爵一起，出發去巴倫卡河對面的雜木林打山鷸。

打山鷸的一行人中，除了兩位老先生之外，還有風韻猶存的托爾斯泰夫人，以及牽著獵犬的孩子。

去巴倫卡河的路，大致從麥田中通過。隨著日落而起的微風拂過麥田，帶來泥土的微微芬芳。托爾斯泰肩扛著槍，走在最前頭，他不時回過頭，對和托爾斯泰夫人一起走的屠格涅夫說話。每逢此時，《父與子》的作者[1]便抬起有點驚訝的目光，高興而流利地回答，有時候還顫動著寬闊的雙肩，發出沙啞的笑聲。與粗俗的托爾斯泰相比，他的應對文雅，同時還顯得有點女人氣。

路變成了一個緩緩的斜坡時，對面走過來兩個村裡的孩子，像是兩兄弟。他們一見托爾斯泰，便一齊停步，行注目禮。然後他們又跟原來一樣，光著腳丫子，猛衝上山坡。托爾斯泰的孩子中，也有人從後面向他們大聲喊著什麼事情。但兩人似乎沒有聽見，眼看著隱沒在麥田對面。

「村裡的孩子很好玩哩。」

托爾斯泰臉上映照著夕陽餘暉，回過頭對屠格涅夫說。

「聽那些孩子說的話，有時那麼直接的語言表達，是我們根本想不出來的。」

屠格涅夫微笑了。現在的他已不像從前，從前的他，只要托爾斯泰話裡一有孩子氣的感動，就會不自覺地調侃起來……

「前不久也向他們學習了——」

托爾斯泰繼續說道：

「有一個孩子突然就想衝出教室，於是我問他要去哪裡，他說是要去咬白粉筆。他既沒說去拿，也不說去要點來。他說的是『去咬』啊。能這樣使用語言的，只有現在仍在啃白粉筆的俄羅斯孩子，我們大人實在是不說的。」

「的確，這似乎只限於俄羅斯的孩子。加上，您說這樣的事，讓我真正感受到身處俄羅

1 指屠格涅夫。

斯。」

屠格涅夫眼望麥田，索性一吐為快：

「對吧?在法國之類，說不定就連孩子都抽菸。」

「說起來，您這陣子也完全沒抽菸了嘛。」

托爾斯泰夫人巧妙地將客人從丈夫的惡意戲謔中解救出來。

「對，我完全沒抽了。我在巴黎遇到兩個美女，我身上要是有菸味，她們就不讓我吻她們了。」

這回是托爾斯泰苦笑了。

不久，一行人渡過巴倫卡河，抵達了打山鷸的地方。那裡離河流不遠，是一片雜木稀疏、溼氣重的草地。

托爾斯泰將最好打的場子讓給了屠格涅夫，然後自己在離這個場子約一百五十步遠的草地一隅確定了位置。接下來，托爾斯泰夫人在屠格涅夫旁邊，孩子就在他們身後各自就位。

天空仍舊發紅。伸向天空的樹梢朦朦朧朧一片，應該是高高的嫩芽成簇，隱約可見。屠格涅夫端起槍，透過樹木之間張望。林子裡微暗，時不時有輕風迴旋，吹拂。

「知更鳥和金翅雀在鳴叫。」

托爾斯泰夫人傾聽著，自言自語般說道。

半個小時在靜默中慢慢地過去了。其間天清如水，或遠或近的樺樹樹幹，看起來白的。此刻是五子雀取代了知更鳥和金翅雀，偶爾送來幾聲鳴囀——屠格涅夫再次透過稀疏的樹林張望。但此時的林子深處，也大致籠罩在昏暗之中。

突然，一聲槍響震盪林間。回音未落，等在後面的孩子和狗就爭先衝出去拾撿獵物了。

「被您先生搶先了。」

屠格涅夫微笑著，回頭看托爾斯泰夫人。

不久，次子伊利亞跑過草叢，來到母親身邊。他報告說，托爾斯泰射中的，是一隻山鷸。

屠格涅夫插嘴問道：

「誰發現的？」

「是朵拉（狗名）發現的——發現的時候還活著呢。」

伊利亞又轉向母親，健康的臉紅撲撲的，他把發現山鷸的整個過程說了一遍。

在屠格涅夫的想像中，這彷彿是《獵人筆記》的一個章節、一個小品。

伊利亞走後，恢復了原先的安靜。從幽暗的林子深處，春天萌發嫩芽的氣息，溼土地的氣息充溢起來了。其間，不時遠遠地傳來幾聲倦鳥啼鳴。

「這是？」

「是黃胸鵐。」

屠格涅夫馬上回答道。

黃胸鵐突然停止啼叫。之後好一會兒，夕陽投下光影的樹林中，鳥兒的鳴囀完全中斷了。天空——就連一絲微風也沒有的天空，在沒有生氣的林子上緩緩降下蒼茫之色——就在這時，一隻灰頭麥雞發出寂寥的啼聲，從頭頂上方掠過。

等到又一聲槍響打破林間寂靜，已經過了一個小時。

「看來即便打山鷸，列夫·尼古拉耶維奇也贏我了。」

屠格涅夫只是眼睛帶笑，微微聳了聳肩。

孩子奔跑的聲音、朵拉不時吠叫的聲音。等再次安靜下來時，冷冷的星光已遍灑天空之上。此刻樹林已被黑夜悄然封閉，樹木連一根枝條都沒有動的意思。二十分鐘、三十分鐘——無聊的時間在流逝，與此同時，在這片黑下來的溼地之上，若有若無的春天霧靄開始朦朦朧朧地爬到腳旁來。他們所在地附近，至今沒有出現一隻山鷸的身影。

「今天是怎麼回事呀？」托爾斯泰夫人念叨著，帶著憐惜的腔調，「這種情況極少見……」

「夫人，請您聽聽，夜鶯在鳴唱。」

屠格涅夫用心良苦地將話題岔開。

從昏暗的樹林深處，夜鶯果然送來了令人愉快的鳴囀。兩人好一會兒默然，一邊靜聽鶯聲，一邊各想心事……

突然——借用屠格涅夫自己的說法，「但是，明白這種『突然』的，唯有獵人」——突然，對面草叢中，隨著一聲真切的啼叫聲，一隻山鷸飛了起來。山鷸白色的羽毛在樹木枝杈之間閃爍著，眼看就要消失在昏暗之中——在那一瞬間，屠格涅夫迅速把槍往手臂上一架，靈巧地扣動扳機。

一抹煙和火光一閃，槍聲在安靜的樹林深處久久迴蕩。

「打中了吧？」

托爾斯泰一邊走過來，一邊高聲問他。

「當然打中了，像石頭似的掉下來了。」

孩子和狗一起聚集在屠格涅夫周圍。

「四處找找。」

托爾斯泰吩咐他們道。

孩子在朵拉的引導下，走到各處尋找獵物。但不管怎麼找，就是找不到死山鷸。朵拉也到處亂轉，不時佇立草叢中，不滿地哼哼著。

最終，連托爾斯泰和屠格涅夫也過來幫孩子找。但是，山鷸不知所蹤，連根羽毛都沒有發現。

「看來沒有啊。」

二十分鐘後，托爾斯泰站在昏暗的樹木之間，對屠格涅夫說道。

「不可能沒有的呀，因為我看見牠像石頭一樣掉了下來……」

屠格涅夫邊說邊環顧周圍草叢。

「打中是打中了，但也許只是打中了羽毛。那樣的話，掉下來之後還能逃走的。」

「不，不是只打中羽毛。我的確打中了。」

托爾斯泰困惑地皺了皺粗粗的眉毛。

「那麼，狗應該會找到的。要說打中的鳥兒，朵拉肯定會叼回來……」

「但是我真的打中了，所以很無奈。」屠格涅夫抱著槍，焦躁地比畫了一下，「是否打中，那麼點區別連小孩子都懂。我是清清楚楚看見的。」

托爾斯泰嘲諷地盯著對方的臉。

「那狗是怎麼回事呢？」

「我不懂狗的情況。我只是說我看見的情況。牠像石頭似的掉了下來……」

屠格涅夫從托爾斯泰的眼睛裡看見了挑戰的光芒，不禁發出了尖尖的聲音：

「**Il est tomb comme pierre, je t'assure!**」（法語：它就像石頭似的掉下來了，我敢說。）

「但朵拉不可能找不到的。」

這時，幸好托爾斯泰夫人臉帶笑容，不動聲色地來給兩人試作評斷。夫人說，明早再次讓孩子尋找，今晚就此撤回托爾斯泰家。屠格涅夫立即贊成。

「好的，但願明天如願吧。到了明天，肯定清楚了。」

「對啊，到明天就會一清二楚。」

托爾斯泰心有不甘地扔下一句沒好氣的挖苦，突然一轉身，背對著屠格涅夫，快步走出林子外……

屠格涅夫回到寢室，是在當晚十一時前後。他終於一個人獨處了，癱坐在椅子上，茫然環顧四周。

寢室是個大房間，平時用作書房。大大的書架、龕裡的半身像、三四個肖像畫畫框、固定在牆上的牡鹿頭——在他周圍，這些東西在燭光照耀下，形成了樸素、陰冷的氣氛。但儘管如此，獨處這件事，對於今晚的屠格涅夫來說，實在求之不得。

在他退入寢室前，主客一家子的男女圍坐茶桌前，聊到深夜。屠格涅夫盡可能快活地笑啊說啊。但是，其間托爾斯泰依然一臉不快，極少說話。這對於屠格涅夫來說，始終是令人惱火且可怕的事情。所以，他對待這家男女比平時更加親切殷勤，故意顯得不在意主人沉默的樣子。

每次屠格涅夫說得妙趣橫生時，一家子男女全都發出愉快的笑聲。尤其在他給那些孩子巧妙地模仿漢堡動物園大象的聲音或巴黎男侍者的舉止時，笑聲就更加高漲了。但在舉座歡樂之時，屠格涅夫自己卻越發感覺不痛快。

「您知道最近有一位受矚目的新作家嗎？」

當話題轉到法國文藝時，屠格涅夫終於忍受不了尷尬的社交家角色，突然轉過頭，故作輕鬆地對托爾斯泰說話。

「不知道。叫什麼名字？」

「德．莫泊桑——是叫居伊．德．莫泊桑的作家。至少是一位目光犀利、無法模仿的作家——我包包裡正好就有一本小說集《泰利埃公館》，您有空讀讀吧。」

「德．莫泊桑？」

托爾斯泰疑惑地瞥了對方一眼。小說的事情就談到此，他也沒說要讀或者不讀。屠格涅夫小時候有過被年長壞孩子欺負的經歷——此時那種悲情湧上心頭。

「說到新作家，正好有一位難得的也來過這裡。」

托爾斯泰夫人察覺他的困窘，使說起了一位古怪的訪客：「大約一個月前的某個傍晚，一個裝束打扮不大講究的年輕人說，他一定要見我丈夫，好歹讓他進來見了。他一見我丈夫，張口就說『我想跟您要一杯伏特加，和一碟鯡魚尾巴』，真夠嚇人的了。還聽說這名怪異小夥子是一位新作家，小有名氣，越發令人瞠目……」

「那人叫迦爾洵[2]。」

屠格涅夫聽了這個名字，再次嘗試把托爾斯泰拉進聊天的圈子裡。因為對方不釋懷，就會越發尷尬。除此之外，還有一個緣故：是他第一個將迦爾洵的作品介紹給托爾斯泰的。

---

2 迦爾洵（一八五五—一八八八），俄國作家。作品描寫理想主義者在與社會罪惡作戰時的苦惱。

「是迦爾洵呀？那傢伙的小說也不壞啊。在那以後，不知道您還讀過他什麼作品……」

「看來是不錯。」

儘管如此，托爾斯泰只是冷冷地、模糊地回應……

屠格涅夫終於站了起來，他晃晃滿是白髮的頭，在書房裡輕輕踱步。小桌上的燭光，把他踱來踱去的身影在牆上變得時大時小。但他雙手背在身後，慵懶的目光始終不離光禿的木地板。

在屠格涅夫心中，他和托爾斯泰二十餘年來，親密友善的往事，一件一件鮮明地浮現出來。軍官時代的托爾斯泰，常常放浪形骸，到他彼得堡的家來睡覺；在涅克拉索夫客廳的托爾斯泰，傲然地與主人對視，不顧一切地攻擊喬治．桑；《兩個驃騎兵》時代的托爾斯泰，在斯帕斯柯伊耶的樹林間，和他在散步中駐足，讚歎夏雲之美……還有最後，在弗耶特家中的托爾斯泰，兩人緊握雙拳，把一生最難聽的謾罵甩到對方臉上。所有這些追憶中，固執己見的托爾斯泰是一個徹頭徹尾不接受他人的不真實的人；是一個經常在他人的行為中，感受到虛偽的人。這並不單單發生在別人的事與他的事互相衝突的時候。即便別人和他一樣放蕩，他也不能像饒恕自己那樣饒恕他人。就連別人和他一樣感受著夏雲之美，他也不能馬上就相信。他討厭喬治．桑，也是因為對她的真誠存疑。他一度與屠格涅夫絕交——不，眼下他對於屠格涅夫打山鷸一事，也嗅出了撒謊的味道……

屠格涅夫長歎一聲，突然在龕前駐足。龕裡的大理石像遠遠承受著燭光，影像朦朧——那是列夫的大哥尼古拉．托爾斯泰的半身像。想來，跟自己情誼深厚的尼古拉成為故人以來，超過二十年的歲月不知不覺已流逝。假如列夫能有尼古拉一半體貼他人的情感……屠格涅夫寂寞的眼神久久地注視著龕裡朦朧的頭像，全然不覺夜已三更……

翌日早上，屠格涅夫稍稍提前來到用作飯廳的二樓客廳。客廳牆上並排掛著好幾幅祖先的肖像畫——在其中一幅肖像畫之下，托爾斯泰面桌而坐，流覽郵件。除了他之外，孩子都沒有出現。

兩人互相寒暄。

其間，屠格涅夫也在窺探對方神色，打算只要從中稍微感覺到好意，馬上就和解。但托爾斯泰仍不好對付，三言兩語之後，他又跟之前一樣默默處理起郵件來。屠格涅夫無奈，只得拉過一把椅子，也默默地讀起了桌上的報紙。

好一會兒，陰鬱的飯廳除了茶炊煮沸的聲音之外，悄無聲息。

「昨晚睡好了嗎？」

流覽過郵件之後，托爾斯泰不知在想什麼，對屠格涅夫說道。

「睡好了。」

屠格涅夫放下報紙，再次等待托爾斯泰的下文。但主人將煮開的茶倒進銀把手的杯中，就此不再開口。

這種情況經過一兩次後，屠格涅夫便如昨夜那樣，漸漸以面對托爾斯泰那張冷臉為苦。尤其是今早沒有他人，他更是無處用心。好歹托爾斯泰夫人在場的話——他惱火的心中，好幾回這麼想道。但不知為何，這飯廳還是沒有人要進來的動靜。

五分鐘、十分鐘，屠格涅夫終於忍受不了了，他把報紙一放，踉蹌著要站起身來。

就在此時，飯廳門外突然傳來了鬧哄哄的說話聲和腳步聲。大家似乎爭先恐後地跑上臺階，「咚咚咚」地趕來——正這麼想時，門已被猛力推開，五、六個男孩女孩嚷嚷著，一齊衝進了房間裡。

「父親，我找到了。」

領頭的伊利亞得意地揚一揚手上提的東西。

「是我最先看見的。」

長得像母親的塔吉婭娜聲音不比弟弟小。

「掉下來時掛住的吧，牠掛在白楊的樹杈上。」

最後解釋的是長子謝爾蓋。

托爾斯泰目瞪口呆地環顧孩子的臉。當他明白順利找到了昨日的山鷸時，掛著絡腮鬍的臉上隨即呈現開心的微笑。

「是嗎？掛在樹枝上了？那狗當然也找不到了。」

他離開椅子，來到站在孩子中間的屠格涅夫面前，伸出了壯實的右手。

「伊凡．謝爾蓋耶維奇，這下子我也放心了。我不是會撒謊的人，如果這隻鳥掉下來，朵拉肯定會撿回來的。」

屠格涅夫不好意思地緊握托爾斯泰的手。找到的是山鷸，還是《安娜．卡列尼娜》的作者？在《父與子》作者的心中幾乎分辨不出了，一種想哭的狂喜充滿了他的胸膛。

「我也不是會撒謊的人。您看看，我是一發即中吧？槍一響，牠就像石頭似的掉下來……」

兩位老人面對面，不約而同地大笑起來。

大正九年（一九二〇）十二月

毛利老師

歲暮的一個黃昏，我和一位評論家朋友一起，通過所謂「腰便路」[1]，在光禿禿的柳樹下往神田橋方向走去。在我們的左右，是從前島崎藤村[2]感慨呼籲他們要「抬起頭來走路！」的下層官吏模樣的那些人，他們在落日餘暉之中，步履蹣跚地挪動，恐怕是因為鬱悶的心情，不謀而合地無法排遣掉吧。我們並著肩，不約而同地加快腳步，走過大手町巴士站之前，幾乎沒有說一句話。這時，評論家朋友一眼瞥見紅色柱子那邊等車人的瑟縮身影，突然顫抖了一下，自言自語般說道：

「我想起了毛利老師的事。」

「毛利老師是誰？」

「我的初中老師啊，沒跟你說過吧。」

我默默地拉低一點帽簷，代替「沒有」的回答。以下內容，是那位朋友那時邊走邊告訴我的，對毛利老師的追憶……

大約十年之前，我在某府立初中讀初三。教我們班英文的年輕老師安達老師因流感引發急性肺炎，在寒假停課期間病逝了。因為太過突然，校方沒有足夠時間物色合適的繼任者，只好臨時抱佛腳，找來了在某私立初中教英文的老教師毛利老師，暫代之前的安達老師上課。

我頭一次見到毛利老師，是他就任那天的下午。我們初三的學生在對新老師的好奇心驅使之下，從走廊響起老師的腳步聲起，便少有地安靜下來，等待上課。那腳步聲在日光照射不到的陰冷教室門外停下，隨即門打開了——啊啊，即便是今天，那時的光景仍歷歷在目。開門進來的毛利老師首先以其個子之矮，令人聯想到經常在節慶日出場的雜耍蜘蛛人。而一改這黯淡的感覺幾乎可用漂亮來形容的，是老師光溜溜的禿頭。在後腦部周圍，另有斑白的頭髮，但已屬苟延殘喘，腦袋大部分都與博物課教材的鴕鳥蛋插畫無異。最後，讓老師

1 「腰便路」，眾多小職員、小官吏上班的道路，「腰便」是「腰間掛便當盒」的簡稱。
2 島崎藤村（一八七二—一九四三），日本詩人、小說家。其小說作品《行道樹》的結尾，主人公發出了「抬起頭來走路！」的感慨。

的風采超乎常人的，是他怪異的晨禮服，它幾乎讓人忘記它曾是黑色的事實，名副其實地是「古色蒼然」。而且，我甚至留下了驚人的記憶：在老師有點髒的翻領上，隆重地繫著一個極為花哨的紫色領結，彷彿一隻展翅飛翔的蛾子。所以，在老師進入教室的同時，憋不住的笑聲此起彼伏，也就不奇怪了。

毛利老師手持教材和點名冊，悠然登上講臺，對眾人彷彿視而不見。他回應學生的敬禮之後，血色差的圓臉上露出可愛的笑容，和藹可親地尖聲喊道：

「諸君！」

過去三年間，這所初中的老師從未給予我們稱呼「諸君」的待遇。所以，毛利老師的這一聲「諸君」，不禁使大家一齊瞪大了驚歎的眼睛。與此同時，我們全都覺得，老師既以「諸君」開頭，其後不免有一場關於教學方針之類的大演說，大家屏息以待。

但是，毛利老師說了句「諸君」，環顧教室，好一會兒沒有開腔。老師肌肉鬆弛的臉上儘管仍帶著笑意，嘴角肌肉卻神經質地顫動著。他無憂無慮的眼睛裡頭有某些像家畜的地方，也不淡定地不停閃爍。他似乎懷有某些說不出口、但想懇求大家的東西；而遺憾的是，似乎老師自己也沒能弄清楚到底是什麼。

「諸君。」

不一會兒，毛利老師又用同樣腔調重複道。這回他倒是要把握住這句「諸君」的回響似的，匆匆忙忙補充道：「今後由我來教大家選讀課。」大家越發好奇了，安靜下來，熱切地盯著老師的面孔。毛利老師那麼說的同時，又呈現懇求似的眼神，環視一遍教室後，他便卸掉了彈簧似的坐在椅子上了。然後，他在已經打開的選讀課課本旁邊翻開點名冊，流覽起來。這個唐突的開場白這樣結束，與其說多麼讓我們失望，毋寧說失望過後我們感到多麼滑稽，這就不必說了吧。

但是，所幸未等我們發笑，老師便從點名冊抬起他那家畜似的眼睛，隨即「某某君」地點了班上一人的姓名。這當然就是要他馬上站起來譯讀課文。於是，那名學生站起來，用東京初中生的機靈，譯讀了《魯賓遜漂流記》的一節。毛利老師不時摸摸紫色領結，誤譯處就不用說了，就連細微的發音問題，也一一鄭重地糾正。老師的發音也有做作之處，但大體準確明瞭，看來老師在這方面也頗為自得。

那名學生坐下後，老師開始譯讀時，我們中間再次此起彼伏地出現笑聲。說來，如此計較發音的老師，一旦到了翻譯時，就不懂日語表達了，幾乎讓人覺得他不是日本人。或者是他也明白，但臨時一下子想不起來吧。例如就翻譯這麼一句話：「於是魯賓遜終於決定飼養……飼養什麼呢？那是一種奇特的野獸——動物園裡好多的，怎麼說呢……嗯嗯舞臺上經常有——哎，大家明白吧？對，紅臉的……什麼？猴子？對對，就是猴子！他決定飼養一隻猴子。」

就連猴子都說得這麼麻煩，到稍微難一些的詞語時，他就一再在那個詞旁邊兜圈子，不到最後，合適的譯詞就出不來。而且毛利老師每逢此時便狼狽不堪，不停地用手去弄喉結處，幾乎要把那個紫色領結揪掉。他為難地抬起頭，目光慌慌張張地掃過我們。他還雙手捂著禿頭，臉伏在桌面上，困窘不已。這種時候，老師原本就小小的身體，像是漏了氣的氣球，無精打采地憋著，就連從椅子垂下的兩條腿，感覺也像是飄浮在空中。同學看著有趣，偷偷地笑。當老師兩次三番地譯讀時，那些笑聲也漸漸大膽起來，到了最後，就連最前排的桌子，也公然騷動起來了。我們這樣的笑聲是如何讓善良的毛利老師難受——時至今日，每當我回想起那種刻薄的笑，就不禁要捂住耳朵。

儘管如此，在課間休息的鈴聲響起前，毛利老師勇敢地譯讀下去。終於讀完最後一節課文時，他便又以悠然的態度，一邊應答我們的敬禮，一邊淡定地離去，彷彿完全忘記了剛才慘澹的惡鬥。在老師身後，我們的笑聲轟然而起，有故意開關書桌蓋子的嘈雜聲，有跳上講臺、模仿毛利老師神態和聲調的學生——就連佩戴了班長標誌的我，身邊也圍了五、六名學生，揚揚得意地指出老師的誤譯。這些事情都不由自主地浮現在我腦海中。那些誤譯呢？

實際上，當時我對是否誤譯並無把握，就大聲嚷嚷。

三、四天後的一個午休時間，我們五、六名學生聚集在器械體操場的沙池，一邊讓粗呢校服的後背曬著溫暖的陽光，一邊熱烈地聊著快要到來的學年考試。這時，此前與學生一起掛在單槓上、號稱「體重七十公斤」的丹波老師嘴裡大聲喊著「一！二！」跳進沙池。他穿著背心戴著帽子，擠到我們當中，說道：

「這回來的毛利老師，他怎麼樣？」丹波老師也曾教我們班英文，他是個著名的運動愛好者，加上擅長吟詩，在討厭英文的柔道、劍道選手等「男子好漢」之中也頗受歡迎。經丹波老師這麼一問，一名「男子漢」就邊擺弄著棒球手套，邊扭扭捏捏、不自在地回答道：「嗯，不怎麼樣。大家都說不怎麼行。」於是，丹波老師一邊用手帕拍打褲子上的沙子，一邊得意地笑著說：

「比你還不行嗎？」

「那倒是比我強。」

「那不就沒什麼好抱怨了嗎？」

「男子漢」用戴著棒球手套的手撓撓腦袋，氣餒地退下。這回是我們班的英文秀才正正眼鏡，用跟他年齡不相稱的老成腔調爭辯道：

「可是，老師，我們大多是要考專科學校的，所以希望有頂尖的老師來教。」

但丹波老師仍舊大咧咧地笑著說：

「那也就一個學期而已，誰教不是一樣嗎？」

「那……毛利老師只教一個學期嗎？」

這個問題似乎有點戳中了丹波老師的要害。長於世故的丹波老師有意不答，他摘下運動帽，用力撣去平頭腦袋上的灰塵。他迅速掃了我們一眼，巧妙地話題一轉說：

「毛利老師相當老派，跟我們有點不同。今天早上我一進電車，見他就坐在車廂正中央。快到轉乘時，他就『站務員！站務員！』地喊。我覺得滿可笑的，真受不了。總而言之，他肯定是脾氣有點怪的人吧。」關於毛利老師這些方面，就算丹波老師不提，讓我們目瞪口呆的事情，也實在太多了。

「還有，聽說毛利老師遇上下雨，會一身西服、腳蹬木屐來上課呢。」

「那個經常掛在他腰間、包白手帕的東西，應該是毛利老師的便當吧？」

「有人看見毛利老師手抓電車握環，那毛線手套滿是洞洞。」

我們圍著丹波老師，爭先恐後地說著這類無聊話。然而，當我們的聲音高漲起來時，丹波老師不知不覺也被帶動起來，興高采烈地發聲了。他用手指轉一圈運動帽，忍不住說：

「問題是，他那頂帽子是二手貨啊……」

他的話剛出口，在器械體操場正對面、只隔著約十步遠的二樓校舍入口處，此時悠悠然出現了毛利老師小小的身影！他頭戴那頂老派禮帽，一隻手煞有介事地放在那個紫色領結上。入口前有些初一的學生吧，五、六名孩子似的學生正在玩跳馬遊戲，他們一見毛利老師，便爭先恐後地恭敬行禮。毛利老師站在入口石階上，一隻手抬抬禮帽，微笑著還禮。我們見此情形，一時都感覺愧疚，好一會兒靜默，沒有了嬉笑聲。在這之中，丹波老師大概惶恐和狼狽兼而有之吧，他因此默不作聲。剛剛還在說「他那頂帽子是二手貨啊」，隨即扣上運動帽，猛地一轉身，嘴裡大喊著「一！」，上身只穿一件背心的肥胖身子便撲向了單槓。當他來了個單槓的「雙插腿」，嘴裡喊「二！」時，已經在冬日的藍天下輕鬆地上槓。丹波老師滑稽的遮醜掩飾，頓時讓大家失笑。操場上一時無言的學生仰望著單槓上的丹波老師，像棒球場上的啦啦隊一樣，「哇！」地歡呼，鼓起掌來。

我理所當然也跟大家一起喝彩了。然而喝彩之時，有一半是本能地厭惡單槓上的丹波老師的。但我也不會因此就對毛利老師傾注同情。證據就是，那時的自己給丹波老師的鼓掌，也包含著間接的目的，就是對毛利老師表示我們的敵意。此刻在我思想裡進行一番解剖的話，那時自己的心情，也許可以解釋為：在道德上蔑視丹波老師的同時，也在學力上蔑視毛利老師。或者，對那位毛利老師的蔑視，是依據丹波老師那句「他那頂帽子是二手貨啊」，那句話理所當然成為我厚顏無恥的理由。所以自己一邊喝彩，一邊隔著眾人昂然望向校門入口。而那邊情況依舊，我們的毛利老師宛如貪戀日光的冬蠅一樣佇立在石階上，一心一意看著初一學生天真無邪地玩耍。那頂禮帽和那個紫色領結——這一瞥之中目睹的光景，當時是作為我們的取笑對象，不知為何到了今天，卻無法忘懷……

毛利老師就任當天因其服飾和學力引發眾人的蔑視，而自從丹波老師的那次失言以來，這種輕蔑越發在班上盛行。於是，過了不到一週的一個早上就發生了一件事。那天的前一晚不停地下雪，窗外的體操場屋頂，已經完全看不見瓦片的顏色。儘管如此，教室裡頭的火爐燒得旺旺的，落在窗玻璃上的雪，還沒來得及出現淺藍的反射光，就融化了。毛利老師把椅子放在火爐前，像以往一樣擠出尖尖的聲音，滿腔熱情教授著選讀課課本裡的〈人生頌〉。當然了，並沒有人認真聽課。不但沒有，我身邊的某柔道選手，就在課本下面翻開《武俠世界》，從剛才起就在讀押川春浪[3]的冒險小說。

大約持續了二三十分鐘吧。這中間，毛利老師突然從椅子上站起來，就著剛才講的朗費羅的詩歌，談起了人生問題。論旨是什麼，我已經不記得了，與其說是評論作品，毋寧說是談論教師生活的感想吧。毛利老師彷彿是一隻被拔掉了羽毛的鳥兒，不停地上下划動雙手，我只記得他用急急忙忙的腔調說了些牢騷話：

「諸君還不懂人生，對吧。即使想知道，也還是不明白。正因為如此，諸君是幸福的。對我們過來人而言，人生明明白白。是明白了，但苦事多啊。對吧，苦事很多。就我來說，有兩個孩子。你瞧，都得上學。上學——那——上學——交學費吧？沒錯，你得有學費交，對吧。所以啊，煩惱多啊……」面對一無所知的初中生，他也要傾訴生活艱難。或者沒打算說的他也說了，但老師這樣的心情，我們根本不可能理解。倒是傾訴的事實本身，我們只看到了滑稽的一面。在老師投入地述說之時，就有人在竊笑。之所以沒有像平時那樣變成哄堂大笑，只是大家看老師寒磣的衣服和聲嘶力竭的樣子，感到確實顯示了生活艱難，引起了幾分同情而已吧。我們的笑聲雖然沒有變得那麼大，不一會兒，我身邊的柔道選手卻突然把《武俠世界》擱下，虎虎生威地站起了身。正想他要說什麼呢，卻是：

3 押川春浪（一八七六—一九一四），日本冒險小說家，他的小說《武俠的日本》、《東洋武俠團》等在當時的青少年中好評如潮。

「老師，我們到這裡來，是為了學英文。所以，如果您不教英文，就沒有必要來教室了。假如您繼續說這些，我就立刻到操場上去。」

這名學生說完，露出一臉苦相，一屁股坐回原位。我還從沒見過像那時的毛利老師那麼表情奇特的人。老師簡直像遭雷擊一樣，嘴巴半張著，僵立在火爐旁邊，一兩分鐘之內只是望著那名剽悍的學生的臉。不一會兒，他那家畜似的眼中，閃現某種懇求般的表情，手連忙去摸那個紫色領結，低了兩三次頭，帶著哭泣似的微笑，反反覆覆說：

「啊，是我不好。我錯了，我要誠懇道歉。諸君確實是來學英文的，我不教英文是我不對。是我的錯，我誠懇道歉。」在暖爐紅紅火光映照之下，他上衣肩部和腰部磨損處，更加鮮明地呈現出來。老師謝頂的頭也隨著一次次低下，被染上一層好看的紫銅色，越發像一顆鴕鳥蛋。

這一可憐的情景，我當時只覺得是暴露了毛利老師作為教師難免的毛病。毛利老師甚至要討好學生，以避免失去教職的危險。所以，老師之所以當老師，純粹是為了生活，並非有志於教育本身——我朦朧之中膨脹起來，自以為是地下了這種評判。現在我不僅蔑視老師的衣服和學力，甚至蔑視其人格。我在選讀課課本上托著腮，冷眼觀看此刻站在熊熊爐火旁、精神上和肉體上都被炙烤的老師，好幾次發出狂妄的笑聲。當然這不限於我一個人。現實中，為難了老師的柔道選手見老師倉皇認錯，扭頭瞥我一眼，面帶狡猾的微笑，隨即又開始閱讀那本藏在教材之下的押川春浪的冒險小說。

一直到課間休息的喇叭聲響起，我們毛利老師比平時更加語無倫次，專心地譯讀可憐的朗費羅。「Life is real, life is earnest.」[4]他血色不佳的圓臉汗涔涔的，一邊不住地懇求著不知何物，一邊發出幾乎透不過氣的尖聲。那尖聲時至今日仍迴響在我耳畔：其中隱藏著幾百萬人的悲聲，當時刺激著我們的耳鼓，實在太深刻了。所以，那段時間裡我們只覺身心疲倦。毫無顧忌地打起哈欠的人，除我之外還有不少。然而毛利老師小小的個子在火爐子前挺立著，全不理會窗外雪花紛飛，彷彿腦子裡的發條一下子鬆開了，不住地揮舞著課本，拚了命地叫喊著：

「Life is real, life is earnest. Life is real, life is earnest.」

因為這樣的經歷，所以過了一個學期的雇用期，便再也不見毛利老師身影時，我們反

4 意為「人生真實，人生真摯」。

倒很高興，而絕不會感到可惜。不，也許可以說，我們對於他的去留頗為冷淡，甚至感覺不出高興。尤其是自那以後過了七、八年，隨著我們從初中到高中，從高中到大學，逐漸成人，甚至連有過這樣一位老師的事，也幾乎忘掉了，全不抱珍重之情。

於是，到了大學畢業那年秋天，說來是天一黑就暮靄濃重的十二月上旬。道路兩旁的柳樹和懸鈴木早已晃動著黃葉的一個雨後的晚上，我逛夠了神田舊書店，買了一兩本「一戰」爆發後數量銳減的德文書，又豎起外套領子，遮擋晚秋冷凝的空氣。偶然路過「中西屋」書店時，在嘈雜的人聲中，我突然想喝點熱飲，就信步走進了那裡的一家咖啡館。

然而進去一看，狹窄的咖啡館裡竟一個顧客的身影也不見。空空如也的大理石桌子上，只有鍍金砂糖罐冷冷反射著燈光。我帶著上當受騙的寂寞感覺，走到鑲壁鏡的桌子前坐下。然後，我向上前來的侍者要了咖啡，掏出雪茄，擦了好幾支火柴，終於點著了。冒熱氣的咖啡很快就上來了，但我心頭再度沉寂，如同外頭的霧靄揮之不去。說來剛才在舊書店買的，是字體很小的哲學書，所以即便是著名論著，讀一頁都痛苦。因此，我無奈將腦袋靠在椅背上，輪番享用巴西咖啡和哈瓦那雪茄，目光掃過眼前的鏡子。

在鏡子裡映出上二樓的梯子側面，然後是對面的牆壁、塗白漆的門、掛在牆壁上的音樂會廣告等等，冷清清地清晰可見，如同看舞臺的一部分。不，除此之外，還能看見大理石桌子、針葉樹大盆栽、從天花板垂下的電燈、大型陶瓷煤氣暖爐以及圍在暖爐前說個不停的三、四名侍者的身影。就這樣，我一一點算鏡中物象，到暖爐前的侍者身上時，被他們圍繞的一名顧客的模樣嚇了一跳。此前自己之所以沒有注意到他，恐怕是只顧著周圍的侍者，無意識之中誤以為那是咖啡館的廚師之類吧。當時令我吃驚的是，原以為完全沒有顧客，然而不單有，而且鏡中映出的顧客的身影，儘管只看見側臉，但不論是鴕鳥蛋似的謝頂腦袋也好，古色蒼然的晨禮服打扮也好，還有那個永遠的紫色領結也好，一眼就知道，他就是我們的毛利老師！

我看見老師的同時，老師與我相隔的七、八年歲月，突然就浮現在我腦海中。上選讀課時的初三班長、此刻在這裡靜靜吐出雪茄煙霧的自己——對我而言，那些歲月絕非短暫。而帶走一切的「時間河流」，唯獨對於這位超越時代的毛利老師，無可奈何嗎？在今夜這家咖啡館與侍者同一桌的毛利老師，依舊是從前那個在夕陽照不到的教室上課的老師。謝頂的腦袋也沒有變。紫色領結依然。還有那個尖聲的嗓子也——如此說來，老師此刻不也聲嘶力竭地向侍者講解著嗎？我不禁微笑起來，一時連心情不好也忘記了，靜聽老師說話。

「注意，這裡的形容詞支配這個名詞。嗯，因為拿破崙是人名，所以將它叫作名詞。明白了吧？然後看這個名詞，其後——緊接它後面的，知道是什麼嗎？哎，你說呢？」

「關係……關係名詞。」

一名侍者吞吞吐吐地答道。

「什麼，關係名詞？沒有關係名詞這說法。關係……嗯嗯……關係代名詞？對對，是關係代名詞吧。因為是代名詞，喏，它代替了『拿破崙』這個名詞。對吧。所謂代名詞，是代替名稱的詞。」

看對話的情景，毛利老師似乎在教這家咖啡館的侍者學英文。於是，我挪動椅子，從不同位置窺探鏡子。果然，在那張桌子上，打開著一本教材似的書。毛利老師指點著書頁，不厭其煩地講解著。在這一點上，老師也一如既往。只是他身邊站立的侍者，與那時的學生相反，全都聚精會神，擠在一起，老老實實傾聽著老師慌慌張張的解釋。

我注視著鏡中情形好一會兒，對於毛利老師的感情油然而生。自己乾脆走過去，與老師敘舊？也許老師對教過短短一個學期、只在教室裡見面的我已經沒有印象了吧。好，就算還記得——我突然回想起當時我們施予老師的惡意笑聲。我轉而覺得，最終自己不上前自報家門，才是對老師更大的尊重吧。於是，我藉喝完了一杯咖啡之機，丟下變短了的雪茄，悄悄站起身。我是打算靜靜離去的，但還是打擾了老師吧。我離開椅子的同時，老師把那張血色不佳的圓臉、把那有點髒的翻領、把那個紫色領帶結，向這邊轉過來。正是此時，老師家畜般的眼神和我的目光在鏡中剎那間相逢。但在老師的眼中，並沒有自己剛才想像的巧遇故人的神色。閃爍其中的只是令人痛心的眼神，一如既往總在懇求著什麼東西似的。

我垂下視線，從侍者手中接過帳單，默默前往咖啡館入口的收銀臺結帳。收銀臺前坐著一位面熟的侍者領班，頭髮分得好看，他百無聊賴。

「那邊有人在教英文吧。是你們咖啡館請的嗎？」

我邊付錢邊問。領班眼望著門外的街道，一臉落寞地答道：

「不是我們請的。只是他自己每晚來，那麼教大家而已。據說他是一個老朽的英文老師，沒人雇用他，所以大概是來消磨時間的吧。買一杯咖啡就坐一晚上，所以對我們而言，也並不是什麼好事情。」

聽他這麼說，在我的想像中，隨即浮現我們毛利老師莫名的哀怨眼神。啊啊，毛利老師。彷彿此時此刻，我才注意到老師值得稱道的人格。如果說有天生的教育家，老師實在就是那樣的人吧。對老師而言，教英文這件事，與呼吸空氣一樣，是無論何時都不能停止的。如果強行制止的話，就如失去了水分的植物一樣，老師旺盛的活力也將即刻萎靡了吧。所以，老師每晚在教英文的興趣的驅使下，特地獨自來這家咖啡館喝一杯咖啡。這當然並非那位侍者領班之流所認為的，屬於消磨時間這樣優閒性質的事情，更非從前我們懷疑老師的誠意，嘲笑他是為了糊口時所說的那樣。時至今日，真心要承認那是令人臉紅的謬誤。想來，說他是為消磨時間、是為了糊口，這種世間惡俗的解釋，是如何折磨著我們的毛利老師啊。即便在這樣的痛苦之中，老師也一直以悠然的態度處之，安於那個紫色領結和那頂禮帽，比唐吉訶德更勇敢地、不退縮地譯讀下去。但是，在老師的眼中，有時候仍不免令人痛心地閃現懇求聽課學生的眼神——恐怕也是老師向所面對的世間，懇求同情的目光吧。

我刹那間湧現這樣的思緒，不知是哭好還是笑好。在莫名的感動之中，我把臉埋在外套的領子裡，走出了咖啡館。在我身後，毛利老師在耀眼的電燈冷光下，藉著沒有顧客的機會，一如既往地尖聲向侍者講解英文。

「因為是代替名稱，所以叫代名詞。嗯，代名詞。明白了吧……」

大正七年（一九一八）十二月

一塊土地

阿住的兒子死於開始採茶的時候。兒子仁太郎前後臥床已八年，這樣辭世，人都稱阿住是「修得來世」。對於阿住而言，也不盡是悲傷。阿住在仁太郎棺前上香的時候，感覺仁太郎終於前往極樂世界了。

辦完了仁太郎的喪事之後，首先遇到的問題，是如何安排兒媳阿民。阿民有一個兒子，加上她接下了臥床不起的仁太郎的大部分農事，如果讓她現在就走，沒人看管孩子不用說，阿住也沒法過日子。阿住就想，無論如何，過了四十九天之後，就給阿民招婿進門，讓她像兒子在世時那樣務農。她甚至想好了，就找仁太郎的堂弟與吉做女婿好了。

正因為如此，頭七的第二天一早，阿住見阿民開始收拾東西時，就很吃驚了。阿住當時讓孫子廣次在裡屋的外廊玩耍，玩的東西就是從學校偷摘的一枝櫻花。「哎，阿民，我一直沉默固然不好，可是你呀，唉，難道就要丟下這個孩子和我不管，走了嗎？」

阿住的話與其說是責備，毋寧說是懇求。阿民頭也不回，只是笑著說：「您說什麼呀，婆婆。」這可讓阿住放下了心頭大石。

「對吧？你怎麼會做出那種事嘛……」

阿住仍舊嘮嘮叨叨地感歎、抱怨，與此同時也越說越傷感，到了最後，幾行老淚順著皺巴巴的臉頰淌下來。

「是啊。我也覺得，只要你願意，你可以一直待在這個家，雖說也有孩子，但你還是喜歡出門做事吧。」

阿民也不知何時起眼含淚花，把廣次抱在膝上。廣次不知怎的害羞起來，只想著扔在裡屋老榻榻米上的櫻花枝……

阿民照舊務農，和仁太郎在世時完全一樣。但是，招婿的事卻比想像的難成。阿民對這件事似乎完全沒有興趣。阿住當然一有機會，就悄悄試探阿民，或者公開談論一下。但是，阿民每逢此時就只是含糊其詞地回應：「好吧，到明年再說吧。」這讓阿住又喜又憂。阿住顧忌別人議論，同時決定像媳婦說的那樣，等待來年。

然而，即便到了第二年，阿民好像還是除了外出耕作，並無其他想法。阿住比去年更懇切地再次提出招婿進門的事。原因一是被親戚指責，二是為世間流言蜚語所苦。

「阿民啊，像你這麼年輕，沒有男人撐不住的呀。」

「即便撐不住，那也沒辦法。想想外人進這個家會怎麼樣吧。小廣既可憐，您也有顧慮，我完全不會費心思在上面。」

「所以啊，你就招了與吉進門吧。那傢伙為了你，不賭博了。」

「他可是婆婆家的人哩，那麼一來，我倒成外人了啊。我只要忍忍就……」

「可是，那種忍耐並不是一年兩年啊。」

「我可以的，為了小廣嘛。我現在雖然苦，但這家的田地就不會一分為二了，可以全交到小廣手上。」

「可是啊，阿民（往往說到這裡，阿住就很認真地壓低聲音說話），一提田地，事情就複雜得很。你剛剛在我面前說的，絕不可以被人聽見了呀……」

這樣的對答，兩人之間不知有過多少次了。但阿民的決心似乎更加堅定，未見動搖。實際上，阿民也不借助男人的手，或種植番薯，或收割小麥，比以前更加用心在農事上。不僅如此，她夏天飼養母牛，下雨天也得外出割草。她做事這麼拚，本身就是有力的抗爭，不要外人進家裡來。阿住最終也斷了招婿的念頭，只不過放棄此事，卻未必是她不高興的。

阿民靠女人的一雙手，撐起了一家人的生活，其中當然少不了「為了小廣」的念頭。但另一方面恐怕也有遺傳來的力量，在她心中深深扎了根。阿民是所謂「外地人」的女兒，從不毛山區移居這一帶的。「沒想到你家阿民這麼有力氣，跟她的長相太不稱了。前不久，我竟然看見她一次背四捆旱稻啊！」——鄰居老太婆時不時對阿住感歎道。

阿住也想藉由自己的操持，表達對阿民的感謝。家裡的事情也不少，要帶孫子、照看牛、煮飯洗衣、打水回家等等。但阿住弓著腰，做得很開心。

一個深秋之夜，阿民好不容易扛著一捆松葉回到家裡。阿住身上背著廣次，在狹窄的土間一角燒洗澡水。

「又冷又累吧？怎麼這麼晚？」

「今天比平時多做了點。」

阿民把松葉捆往洗槽旁一扔，接著，沒脫掉滿是泥巴的草鞋，就走到大爐子旁邊。爐子裡，一塊麻櫟樹根正在熊熊燃燒。阿住想站起來，但不抓住浴桶邊緣，背著廣次的腰很難直起來。

「馬上泡個澡吧。」

「我餓了，先吃再泡吧。哎，我先吃塊番薯——有現成的嗎，婆婆？」

阿住搖搖晃晃走去洗槽，把煮作副食的番薯連鍋一起提到爐子旁邊。

「早就煮好等著了。喏，變涼了。」

兩人用竹籤串起番薯，一起烤爐火。

「小廣睡得好香，讓他睡床鋪吧。」

「不行，今天特別冷，放下來根本睡不著。」

阿民這時已經開始吞咽冒熱氣的番薯了。這吃法只有做了一天工作、疲憊至極的農夫才明白。番薯從竹籤一頭，一下子被她狼吞虎嚥下去。阿住從廣次發出的輕輕鼻息中感受著他的分量，手上俐落地烤著番薯。

「像你這麼做事的，得比別人餓一倍吧。」

阿住不時把充滿讚歎的目光投在媳婦臉上。阿民仍舊不吭聲，在煙熏的火光之中大口吞咽著番薯。

阿民越發不惜身子，搶著男人的工作做。有時夜晚也打著煤油燈，給蔬菜間苗。阿住對這麼一位勝過男子的媳婦一向抱著敬意。不，與其說敬意，毋寧說是畏懼吧。阿民除了地裡和山上的工作，其餘一切統統由阿住作主。這陣子，就連她自己的內裙也很少洗了。儘管如此，阿住也不叫苦，挺起佝僂的腰，拚命做事。不僅如此，遇上鄰居阿婆時，還真心地大誇媳婦說：「阿民這麼能幹，我就算什麼時候死，都不用操心這個家了。」

但是，阿民的「賺錢狂熱」似乎輕易滿足不了。過了年，阿民提出，要擴大耕作到河對岸的桑田。據她說，那裡接近五段步[1]的旱田只收十圓的租，怎麼看都太虧了。還不如用那裡種桑，順帶養蠶的話，只要蠶繭市場不變，一年肯定能淨收入一百五十圓。然而儘管想賺錢，但想到要忙上加忙，阿住也受不了了。尤其是養蠶耗時間又耗力氣，實在超過了限度，辦不到的。阿住終於抱怨地反對起了阿民。

「阿民，那樣可以嗎？我不是逃避——雖然不逃避，但家裡既沒有男人幫忙，又要照顧一個小小孩，目前情況下已經超過負荷了啊。你怎麼還可能養蠶？你好好想想你我的情況吧。」

阿民見婆婆這麼哭訴，也沒有固執己見。但是，儘管斷了養蠶的念頭，對種桑卻一意孤行。「這還可以吧？反正都是我一個人下田。」阿民心有不甘地看著阿住，這樣話中有話地嘟囔道。

從這時起，阿住又考慮起招婿進門的事情了。以前曾因為擔心生計，或者顧忌人家議論，不時想到招婿。但是，這回想招婿則為了有片刻能夠擺脫獨自看家的痛苦。正因為如此，這回招婿的想法不知有多麼迫切。

正是山後的蜜柑田開滿花朵的時節，阿住坐在煤油燈前，目光透過做針線時戴的大眼鏡，試探著提出這件事。但是，阿民盤腿坐在爐旁邊嚼鹹豌豆邊愛理不理地說：「又說招婿啊，我不知道。」要是以前，阿住話說到這裡也就放棄了。然而唯有這回，阿住絮絮叨叨地解釋起來了。

「可是啊，也不能這麼說說就了事啊。明天宮下辦喪事，這回輪到我們家挖墓穴。這種時候家裡沒有男人……」

「沒問題，挖墓的事交給我就好了。」

「你是女人，怎麼能……」

阿住有意想笑一笑，但一看阿民的臉，怎麼也笑不起來了。

「婆婆，莫非您想養老退休了嗎？」

阿民盤腿抱膝，冷冷地封住話頭。阿住被擊中要害，不禁脫下那副大眼鏡。但是，為何要脫下眼鏡，連她自己也不明白。

「哎，你，怎麼那麼說話！」

「您在小廣他爸死的時候，自己說的話也忘記了？您說，誰要把這家的田地一分為二，

1 段步，日本面積單位，五段步合約五千平方公尺。

就對不起列祖列宗……」

「那個話，我是說過呀。不過呢，你想想，老話說『要識時務』啊。這不是實在無奈嗎……」

阿住竭力分辯，說家裡需要一個男丁。但阿住的意見，在她自己聽來也並不理直氣壯。首先，她的真意——也就是說，她希望輕鬆點，這一點理由就拿不出手。阿民揪住這一點，一邊嚼著鹹豌豆，一邊毫不留情地斥責婆婆。不僅如此，阿住這才見識到，阿民還是個天生能說會道的人。

「您就好了，您會先死嘛。可是啊，婆婆，我這身分可不能賭氣哩。我這寡婦一輩子出不得場面、翹不得尾巴啦。關節痛得睡不著的晚上，我也曾痛切地想，就別死撐了吧，我是想過的啊。但轉念一想，我這麼做全是為了這個家，全是為了小廣，就是哭著也得做呀……」

阿住只是茫然望著媳婦的臉。慢慢地，她的心終於弄清楚了一個事實，那就是：無論怎麼掙扎，直到閉眼為止，她都輕鬆不了。阿住在媳婦說完之後，再次戴上了大眼鏡。然後半自言自語地做了總結：

「可是啊，阿民，世上的事情，往往講大道理行不通，你也得細細想想啊。我以後就不再提這個事情了。」

二十分鐘之後，一個村裡的年輕人用男中音哼著，輕輕從門前走過。「年輕小𡞋子，今天割草嗎？小草低頭吧，我來割你了！」歌聲遠去時，阿住再次透過眼鏡瞥一眼阿民。阿民在煤油燈對面伸長了雙腿，一直打哈欠。

「哎喲，得睡了。要早起呢。」

阿民終於出聲說話，她抓一把鹹豌豆，疲乏地從爐邊站起身……

之後的三、四年間，阿住一直默默承受著勞累，那是一匹老馬和一匹一時意氣的馬搭檔拉車所經歷的痛苦。阿民仍舊在外忙碌地裡的事，在旁人看來，阿住也一如既往，勤勤懇懇做好在家的角色。但是，一條無形的鞭子時刻威脅著她。有時因為忘記燒洗澡水，有時因為忘收晾曬的稻穀，有時因為沒管住牛，阿住經常被生性好強的阿民諷刺、抱怨。但她也不回話，不聲不響忍受著難堪。一是因為她有隱忍服從的精神，二是因為比起母親，孫子廣次更親近她這位祖母。

從旁看來，阿住與之前幾乎沒有變化。若說有了一點點變化，就是不像以前那麼愛誇獎媳婦了。然而，這麼微小的變化，並不引人注目。至少在鄰居婆婆眼中，她仍是那位「修得來世」的阿住。

一個陽光強烈的夏日正午，阿住在雜物屋前的葡萄架樹蔭裡和鄰居婆婆說話。四周除了從牛棚傳來蒼蠅的嗡嗡聲之外，一片寂靜。鄰居婆婆一邊說話，一邊吸菸。那是她專心收集兒子的菸蒂湊成的。

「阿民呢？噢噢，去割乾草了？人還年輕，卻什麼工作都做啊。」

「嗯，女人與其外出，不如做家事，那才最合適吧。」

「哪裡啊，喜歡下田可求之不得呢。我家媳婦從進門起，至今有七個年頭了，別說下田了，就算是拔草，也沒做過一天呢。每天洗洗孩子的東西、改改自己的東西，打發時間呢。」

「那才好呢。把孩子打扮打扮，自己也乾淨整齊，很風光哩。」

「可是呀，現在的年輕人大都討厭務農——咦，剛才是什麼聲音？」

「剛才的聲音嗎？哎喲你呀，是牛放屁嘛。」

「是牛放屁？稀里嘩啦的——不過這大熱天裡曬日頭給穀子除草，年紀輕輕的，是滿辛苦的。」

兩位老婆婆就這樣輕鬆地聊著。

仁太郎死後八年多，阿民一直以一個女人的雙手，撐起了一個家的生計。與此同時，她的名聲漸漸傳到村外。阿民不再是那個沒日沒夜賺錢的年輕寡婦了，更不是村裡年輕人的「年輕小孀子」了。如今，她成為媳婦的榜樣，是當今活著的貞女模範。「你看看人家阿民。」——說出這話時，後面無非就是訓斥了。阿住連她的苦處都沒對鄰居婆婆說，她也不願說。但在她的心底裡，即便不是清晰的意識，她也信有天理。曾經的指望最終變成了水中泡影。現在，除了孫子廣次之外，她已經沒有任何指望了。阿住向孫子傾注了殊死的愛。然而，這最後的指望也時時受挫。

某個秋天晴朗的下午，孫子廣次拿著書包放學回家了。阿住正好在雜物屋前，熟練地用菜刀把蜂屋柿做成柿餅。廣次輕巧地越過一張晾曬穀子的草席，正好兩腿一併，向奶奶舉手行禮。然後，他突如其來地認真問了一個問題：

「哎，奶奶，我媽是個偉大的人嗎？」

「為什麼？」

阿住不由得停住握刀的手，注視著孫子。

「是老師在修身課上這樣說的呀。他說，廣次的媽媽是這附近獨一無二的、偉大的人。」

「老師說的？」

「是呀，老師說的。騙人的吧？」

阿住很是狼狽。連孫子都被學校老師灌輸大謊言——對阿住來說，沒有比這更令人意外的了。但瞬間的狼狽之後，暴怒襲來，阿住像換了個人似的痛罵起阿民來了：

「肯定是撒謊嘛，一派胡言！你媽這人啊，在外頭拚了命做，在別人面前炫耀，但內心裡壞透了。她又倔強又頑固，拚了命使喚奶奶……」

廣次嚇了一跳，望著勃然變色的奶奶。不一會兒，阿住悲從中來，忽而掉起眼淚來了。

「所以呀，奶奶我啊，是為了你而活著的哩。你可不能忘了呀。好歹你也快十七了，到時你馬上娶媳婦，讓奶奶歇口氣。你媽說的好久遠，要等你服兵役之後，等什麼嘛！明白嗎？你得把你爸那份也算上，雙倍孝敬奶奶啊。這樣的話，奶奶也就瞑目了，因為奶奶把一切都給你了……」

「這個柿子熟了之後，可以給我嗎？」

廣次眼饞地玩弄起筐裡的柿子。

「當然給啊。你年紀不大，卻什麼都明白。可不能忘了啊。」

阿住哭啊哭啊，破涕為笑起來……

發生了這個小事件的第二天晚上，阿住因為小小的事情，跟阿民大吵一架。所謂「小小的事情」，只是阿民要吃的番薯被阿住吃掉了而已。但是，兩人你來我往之中，阿民冷笑著，說道：「您要是討厭工作，就只有死路一條。」這一來，阿住跟往常迥異，瘋子似的吼叫起來。正好此時孫子廣次趴在奶奶膝蓋上睡得正香，阿住喊：「小廣，醒醒！」把孫子也搖醒了，翻來覆去地罵道：

「小廣快醒醒，小廣快醒醒！你聽聽你媽那話！你媽咒我『去死吧』！你好好聽著：沒錯，到了你媽這代，錢是賺了一點點，但那一町三段的田地，全是你爺爺、你奶奶開墾的。那又怎麼樣？你媽張口就說『你去死』——阿民，我會死的，我還怕死嗎？我不聽你使喚。我要死了，無論如何也要死的。我死了變成冤魂纏著你……」

阿住破口大罵，與哭起來的孫子擁抱在一起。但阿民假裝聽不見，仍舊在爐邊酣睡……

然而，阿住沒死。倒是第二年入伏前最熱的時候，自恃健壯的阿民罹患傷寒病，發病後第八天去世。不過，當時小村裡有多少人得了傷寒並不清楚，而且阿民在發病之前，還去給當時因傷寒病離世的鐵匠修了下葬的墓穴。鐵匠鋪還有一個小徒弟，在葬禮那天被送進了傳染病院。「肯定是那時被傳染的。」在醫生回家後，阿住批評了燒得滿臉通紅的患者阿民。

阿民的葬禮上下起了雨。但村裡人以村長為首，全都參加了葬禮。送殯的人又一個不落地哀悼年輕早死的阿民，同情失去經濟支柱的廣次和阿住。尤其是村代表說了，郡政府原本最近要表彰阿民的勤勞。阿住唯有對這番話深表感謝。「實在是運氣不好啊。表彰阿民的事情，我們從去年起就開始遞交申請書了。村長和我花了車費錢，五次去見郡長，費心盡力了。可是啊，我們運氣不好，您也是啊。」謝頂的村代表體貼人，又半開玩笑地勸解道，惹得一旁年輕的小學老師反感地瞪了他幾眼。

辦完阿民喪事的當天晚上，阿住在放佛龕的裡屋一角，和廣次同睡在一頂蚊帳裡。平時兩人當然是在漆黑之中入眠的，但今晚佛龕上還亮著燈。加上榻榻米似乎吸收了消毒藥水的異味，阿住翻來覆去睡不著。阿民的死確實給她帶來了莫大的幸福。她可以不做事了，也不擔心受責備了。而且存款有三千圓之多，田地約一町三段。今後，她和孫子每天白米飯無憂，平日裡隨意用草袋子去買喜歡吃的鹹鱒魚。阿住這輩子從沒有這麼輕鬆自在。這麼輕鬆自在？——但記憶清晰地喚起了九年前的一個夜晚。想來那個夜晚也是大大鬆了一口氣，幾乎與今晚一模一樣。那是骨肉至親的兒子下葬的夜晚。今晚呢？今晚也是生下獨生孫子的媳婦剛剛下葬了。

阿住不由得睜開了眼睛。孫子就在她身邊，一臉天真的睡相。阿住看著那睡相，漸漸感覺出自己乃可悲之人。與此同時，也感覺出與她結下孽緣的兒子仁太郎和媳婦阿民也都是可悲之人。這一變化一下子沖走了九年來的憎惡和憤怒。不，甚至沖走了慰藉她的、將來的幸福。他們母子、媳婦三人，全都是可悲之人。而其中唯一忍辱偷生的她自己，則最為可悲。「阿民，你為什麼死了啊？」阿住無意識之中對新逝者說道。這麼一來，眼淚就沒完沒了流淌下來了……

聽到四點的鐘響起之後，阿住終於疲憊地入睡了。但是，那時候這家人的茅草屋頂上空，已經迎來了清冷的黎明時分……

大正十二年（一九二三）十二月

六宮姬君[1]

一

六宮姬君的父親，是舊時皇女所生。因為為人守舊，做法老派，所以官至兵部大輔就升不上去了。姬君和這樣的父母一起住在六宮旁邊的大宅裡。之所以叫「六宮姬君」，就是按地名取了名字。

父母寵愛姬君。但是，畢竟是老派做法，並沒有把她嫁出去，只是內心裡盼望著有人來提親。姬君也按照父母的教導，穩重、樸實地度過每一天。生活裡不曉得悲傷的同時，也不知道歡樂。但不知世間事的姬君也無特別不滿，她想：「只要父母健在就好。」

櫻樹枝垂在舊池塘上，年年開出乏味的花。在這期間，姬君不知不覺中已具備一種成人嫻靜的美，而作為家中支柱的父親，卻因為飲酒過度突然故去了。不僅如此，母親也在約半年之內，因沉溺於傷感，追隨父親而去。姬君與其說悲傷，毋寧說是一籌莫展。實際上，嬌小姐姬君除了唯一的乳母之外，無人可以依靠。

為了姬君，乳母沒有二話，不辭辛勞地工作。但傳家的螺鈿小箱子和白銀香爐，不知不覺中一個一個失去了。與此同時，男女傭人也開始離去。姬君漸漸明白了生計之難。但是，要想有所作為，卻又是她力所不能及的。面對寂寞的大宅，姬君仍和從前一樣，彈琴作詩，重複著單調的遊戲。

於是，某個秋天的傍晚，乳母來到姬君面前，考慮再三後說道：

「我外甥是個法師，他請求說，丹波的前國司某某殿下求見小姐。前國司長得一表人才，心腸也好，他父親是世家之子，也是一位地方官員。所以，小姐見一見好嗎？我覺得與其這樣子緊緊巴巴過日子，改變一下或許……」

姬君啜泣起來。委身於那名男子，形同為了幫補困窘的日子而賣身。當然，她明白那也是世間常有之事。現在到了這一步，不禁又悲從中來。姬君與乳母相對無言，在吹動葛葉的風中，久久地以袖掩面……

1 姬君，對身分高貴之人的女兒的尊稱。

然而，不知不覺中，姬君每晚都與這男子相會了。如乳母所說，男子心地和善，模樣也堪稱高雅。加上誰都看得出來，他因為姬君的美貌而忘乎所以。姬君當然對這男子也沒有惡感，不時也想靠上這麼個人。屏風之內燭光明亮，姬君和男子肌膚相親，卻沒有一夜可說是歡愉的。

二

在此過程中，大宅開始一點點有了生氣。首飾盒和竹簾子也是新的，傭人的人數也增加了。乳母當然比以前更加活躍地安排生活了。然而，姬君只是漠然地看著這些變化而已。

一個晚秋的小雨之夜，男子一邊和姬君對飲，一邊說起丹波國那邊一個嚇人的故事：一個旅客自出雲而下，在大江山山麓借宿。房東之妻那個晚上正好順產一女嬰。旅客看見一名陌生大個子男人急急從產房中走出，他扔下一句「壽為八歲，命不自保」，就不見蹤影了。之後，旅客又於第九年上京，途中住同一民宿之家。方知那女孩已在八歲時死於非命。且是自樹上墜下時，鐮刀插入咽喉——故事大致是這樣。

姬君聽了這故事，感受著宿命的無情脅迫。與那女孩相比，仰賴這男子過日子，肯定還算是幸福的了。「該怎樣就怎樣吧。」姬君心裡想著，臉上仍綻開嬌豔的笑容。

大宅屋簷般高的松樹，枝杈好幾次被雪壓折。姬君白天像從前那樣，彈彈琴，玩玩雙陸，晚上和男子同衾共被，傾聽水鳥池水的叮咚。那些朝夕，有些悲傷的同時，也有些快樂。而姬君仍舊在這種慵懶的安逸之中，體味短暫的滿足。

但是，那種安逸也結束得意外地快。冬去春歸的一個夜晚，當只有男子和姬君兩人時，男子艱難地開了口，說道：「見你也就到今晚為止了。」男子的父親在本次任命地方官時，被任命為陸奧守。為此，男子也不得不一起前往冰天雪地的山區。當然，告別姬君是男子至為悲傷的事情。但因為娶姬君為妻是瞞著父親的，時至今日也就難於啟齒了。男子一邊歎息，一邊詳述了事情的來龍去脈。

「但是，只要五年過去，就結束任期了。請愉快地等待著我吧。」

姬君已經哭倒了。即便不說戀愛情深，與依靠的男子分手，也是道不盡傷心難過。男子撫摸著姬君的後背，說了好多安慰鼓勵的話，但也是面帶淚痕，聲音哽咽。

一無所知的乳母和年輕的侍女搬來了酒壺和高腳盤。櫻樹也向舊池塘垂下枝杈，上面花蕾點點……

三

第六年春天到來了。前往陸奧的男子最終沒有返京。其間，傭人一個不剩四散而去，姬君所住的東屋，也在某年倒塌於大風。自此之後，姬君和乳母一起住在侍者的房子裡。那裡雖說是住所，但狹小而且破舊，暫且躲避日曬雨淋而已。搬來這間房子的當時，乳母見姬君淒慘的樣子，潸然淚下，卻有時無來由地發火。

生活艱苦是不必說的，櫥櫃裡早就是白米青菜了。現如今，姬君除了身上的一套夾上衣以及和服裙褲之外，別無所有。若缺少生火之物，乳母就到已經腐朽的寢殿去，拆下板子之類的。但是，姬君卻一如從前，一邊彈琴唱歌來消愁解悶，一邊耐心等待男子。

那年的一個秋天的月夜，乳母來到姬君面前，思索再三後說道：

「殿下應該不回來了吧，小姐您是否可以忘掉殿下呢？近來有位醫官的助手催問，可否見一見小姐……」

聽乳母這樣說，姬君回想起六年前的事。六年以前，她傷心得哭不出來。現在，她已身心俱疲。「唯願靜待老朽。」……其他概不考慮。姬君聽完乳母的話，望著白白的月亮，一臉慵懶地搖搖頭。

「我已經不需要任何東西。生也好，死也罷，都一樣……」

＊　＊　＊

同一時刻，男子正在遙遠的常陸國，與新婚妻子舉杯共飲。妻子是國守的女兒，是父親的掌上明珠。

「那是什麼聲音？」

男子突然吃驚地問，他仰望靜靜懸掛著明月的屋簷。不知何故，此刻男子心中清晰地浮現了姬君的身影。

「是栗子掉在地上了吧。」

常陸的妻子一邊回答，一邊不熟練地斟酒。

四

男子返京，正好是第九年的晚秋。男子和常陸之妻一家人進京途中，為避開凶日，在粟津停留了三、四天。之後進入京城時，為避免白天太顯眼，特地選擇了傍晚。男子在邊遠地方期間，也曾有兩三回往京城的妻子處捎帶口信，殷切探問。但他一次也沒有獲得回音，要不使者沒有回來，要不使者回來了，卻沒有找到姬君的大宅。如今他返回京城，想念也就更為迫切。男子將妻子平安送達岳父的大宅，沒等更換行裝，即前往六宮。

去了六宮一看，從前那座四柱的大門也好，扁柏樹皮葺頂的寢殿和對屋也好，現在全都沒有了，只剩下斷壁殘垣。男子佇立草叢之中，茫然打量著家園的殘跡。半邊被埋掉的池塘，長出了幾株雨久花。在月亮昏暗的光影下，雨久花的葉子顯得孤零零的。

在印象中的正房附近，男子找到了一間傾斜的板屋。挨近板屋看時，裡頭似乎有人。男子透過黑暗，輕輕與那個人影打招呼。於是，月光下蹣跚出現的，是一名有點面善的老尼。

男子報上名，老尼不說話，只是哭泣不止。最後她終於斷斷續續說出了姬君的經歷。

「您可能不記得了吧。我是您府上一名女傭的母親，您離去以後，我女兒又做了五年。後來女兒與丈夫一起前往但馬，我便和他們一起離開了。但這陣子我心裡放不下小姐，所以獨自上京來看看。就像您所見，大宅子也好什麼也好，全都沒有了啊。小姐去了哪裡——其實我也一籌莫展。您也知道吧，即便是我女兒侍奉期間，小姐生活的淒慘情形，實在沒法說……」

男子聽完，脫下一件襯衣送給這位腰彎了的老尼，然後低著頭，在草叢中默默走開了。

五

從第二天起，男子為了尋找姬君踏遍了京城。但姬君在哪裡、情況如何，卻一時沒有線索。

數日後的一個傍晚，男子為了躲避驟雨，站在朱雀門前的西曲殿屋簷下。這裡除了他之外，還有一名模樣像乞丐的僧人，也在等待雨停。雨點在紅門的空中發出寂寞的聲音。男子用眼角餘光看僧人，心情煩躁地在石階上走來走去。在這過程中，男子的耳朵突然捕捉到昏暗的窗格裡面似乎有人的動靜。他幾乎是無意識地往窗內瞄了一眼。

在窗裡，一名老尼裹著破爛的草席，照顧著一名病人似的女人。在傍晚的昏暗中，女子瘦得可怕。但是，那人就是姬君，男子一眼就足以斷定。他想出聲喊。但眼見姬君的慘狀，不知為何他喊不出聲來。姬君並不知道男子的存在，她翻過身，痛苦地吟誦了詩句：

「曲肱為枕寒風烈，此身已慣苦中眠……」

男子聽見這聲音，不禁喊出了姬君的名字。姬君竟然欠起身子，但她僅看了男子一眼，虛弱地喊了句什麼，就又伏倒在草席上。老尼——那位忠實的乳母和飛奔上前的男子一起，慌忙將姬君抱起。但是，一看那張臉，不用說乳母，就連男子也更加不知所措了。

乳母瘋了似的衝到乞丐僧人面前，請他無論如何為臨終的姬君念經。僧人應乳母的要求，在姬君枕邊坐下。但他沒有誦讀經文，而是對姬君說了這樣的話：

「往生不能經由他人之手，只有自己努力念出阿彌陀佛之名。」

姬君由男子抱著，微弱地念出我佛之名，然後她恐懼地死盯著門樓上的天花板。

「那……那裡有一輛著火燃燒的車子……」

「別怕那種東西，專心念佛就行。」

僧人稍作激勵。於是，姬君稍停之後又似夢非夢地念叨起來：

「我看見了金色蓮花，華蓋一樣的大蓮花……」

僧人剛要說話，姬君又斷斷續續地說道：

「又看不見蓮花了，一片黑暗之中，只是刮著風。」

「專心念誦佛名吧。為什麼不專心誦佛？」

僧人幾乎要訓斥她了。但姬君快斷氣了，只是重複同樣的話：

「什麼都——什麼都看不見。黑暗之中只有風——只是刮著冷風。」

男子和乳母淚流滿面，口中不停地念著阿彌陀佛。僧人當然也合掌，輔助姬君念佛。人聲雨聲交織之中，姬君躺在破席子上，漸漸呈現逝者的面容……

六

數日後的一個月夜，要姬君念佛的那位僧人也在朱雀門前，他衣衫破爛，在曲殿臺階上抱膝而坐。這時，一名武士嘴裡哼著歌，在月光下順大路而來。武士一見僧人的模樣，便停下穿著草鞋的腳，隨口問道：

「你聽說這陣子朱雀門一帶有女人哭聲了嗎？」

僧人蹲坐不動，只回了一句：

「你聽嘛。」

武士側耳傾聽。但除了蟲鳴聲之外，他聽不見任何聲音。夜氣中飄蕩著松樹的氣味。武士正要開口，但未等他發聲，不知何處傳來一個女子微弱的歎息聲。

武士手按刀把。但聲音在曲殿上空拖出一條長尾巴，漸漸消失無蹤。

「你誦佛吧——」

僧人向著月光抬起臉。

「那是一個窩囊女子的靈魂，她既不知道極樂，也不知道地獄。為她念佛吧。」

但武士沒有回應，而是窺探起了僧人的面孔。他大吃一驚，隨即雙手扶地向僧人行大禮。

「您豈非內記上人嗎？您怎麼會在這種地方……」

此人俗名「慶滋保胤」，世間以「內記上人」稱之，在空也上人的弟子中，也屬非常尊貴、德行高尚的沙門。

大正十一年（一九二二）七月

大導寺信輔的半生

一、本所[1]

大導寺信輔出生於本所的回向院附近。在他的記憶裡，美麗的街市一處也沒有。尤其是他家周圍，盡是修地窖的工匠呀、小零嘴鋪呀、舊家具店呀之類的。這些店家門前的馬路，從來都是泥濘不堪的。加上那條路的盡頭是竹倉大水渠，漂浮著綠藻的大水渠總是散發著惡臭。面對這樣的街市，他當然感到壓抑。再就是，本所以外的街市更加讓他不快。以商戶少的山之手為首，就連學江戶模式，將店弄得漂漂亮亮的下町，都對他有某種壓迫感。[2]

1　本所，原為東京的三十五個區之一，今屬東京都墨田區。

2　「山之手」，指山區或靠近山的地區，相較之下，「下町」則是位於下方、面積較大的町。自明治時代起，「山之手」就是貴族、財閥、知識分子的居住地，「下町」主要為工商區和庶民住宅區。

比起本鄉和日本橋，他愛的毋寧說是寂寞的本所——回向院、駒止橋、橫網、排水溝、榛木馬場、御竹倉大水渠。那情感與其說是愛，毋寧說更接近於憐憫吧。但即便算憐憫，即便是三十年後的今天，時時入夢的依然都是那些地方……

自懂事時起，信輔就一直愛著本所的街市。本所的街市連行道樹都沒有，總是塵土飛揚。但讓信輔明白自然之美的，仍是本所的街市。他是個在髒兮兮的街頭啃小零嘴長大的少年。鄉下——尤其是本所東面的那片水田多的窮鄉下，對如此成長起來的他來說簡直無趣。舉目所及，與其說是自然之美，不如說是自然之醜。然而，即便本所的街市缺少自然風光，但屋頂上開花的草，或水窪裡映出的春天雲彩，仍然顯示出令人愛憐的美。因為這樣的美，不知不覺中他熱愛上自然。只不過打開他眼界的自然之美，卻並不限於本所的街景。書——他小學時熱衷地讀了又讀的，德富蘆花[3]的《自然與人生》和盧伯克[4]的《論自然美》日文譯本，當然也啟發了他。但是，對他看待自然的眼光影響最大的，的確是本所的街市。房屋也好，樹木也好，街巷也好，看起來都那麼不可思議地寒磣。

實際上，對他看自然的眼光影響最大的，就是寒磣的本所街市。後來他不時到本州各地短途旅行，木曾粗獷的自然景色經常使他不安，而瀨戶內柔和的自然風光也時時讓他覺得無聊。與這些自然風景相比，他更深愛寒磣的自然，尤其喜愛在人工文明中氣息奄奄的自然。在三十年前的本所，這樣的自然之美仍到處留存：壕溝旁的柳樹、回向院的廣場、竹倉的雜樹叢。他沒能像自己的朋友那樣前往日光或者鎌倉，而是每天早上和父親一起在家附近散步。這對於當時的信輔而言，的確是很大的幸福。但是，那是他在朋友面前侃侃而談時，感覺有點難為情的幸福。

某個朝霞將要消散的早上，父親和他如往常一樣散步到百本杭。百本杭在大河邊，垂釣者特別多，但那個早上極目望去，竟一個垂釣者也看不見。寬闊的河岸旁邊，只有海蟑螂在石垣之間跑動。他想問父親為何只有今天早上不見垂釣者，還沒開口，突然發現了問題的答案：一具禿頭的屍體漂蕩在霞光閃爍的波浪之上。他至今清楚記得那天早上的百本杭。三十年前的本所在敏感的信輔心頭留下了無數已成追憶的風景畫。然而那個早上的百本杭──這張風景畫又是本所街市投下的精神陰影的全部。

3　德富蘆花（一八六八─一九二七），日本近代小說家、散文家，他的散文描寫自然與人生，在日本被當作對國民施行美感教育的良好教材。

4　盧伯克（一八三四─一九一三），英國考古學家、人類學者。

二、牛奶

少年信輔從未喝過一口母乳。母親原本體弱，生下他這個獨子後，一滴乳汁都沒有。但雇乳母是這個窮家庭不敢問津的事情之一。為此，他自生下來就是喝牛奶長大的。這對於當時的信輔而言，是一種令他痛恨的命運。他輕蔑每天早上送來廚房的牛奶瓶，又羨慕朋友：他們即便一無所知，好歹知道母乳。實際上，讀小學那年，他年輕的嬸嬸自年初起便遭受漲乳之苦。對著黃銅漱口碗，她的乳房怎麼擠都擠不出奶水。嬸嬸皺著眉頭，半開玩笑地對他說：「讓小信吸吧？」然而，喝牛奶長大的他，當然不知道怎麼吸。

嬸嬸最終請了鄰居的孩子——修地窖工的女兒來吸吮她堅硬的乳房。乳房隆起的半球之上，滿布青青的靜脈，即便害羞的信輔會吸奶，最終也絕對不肯去吸嬸嬸的乳房吧。儘管如此，他還是恨那個鄰居女孩，同時也恨讓那女孩吸奶的嬸嬸。在他的記憶裡，這件小事件只留下了鬱悶的嫉妒，也許除此之外，性欲就是從那時開始萌生的吧……

信輔以自己不識母乳、只喝過瓶裝牛奶為恥。這是他的祕密，是他一生的祕密，絕不能為人所知。這個祕密還伴隨他當時的一個迷信。那時他還是一個只有腦袋大，瘦得嚇人的少年。不但如此，他還是一個看見肉店砍肉刀都心跳加速的靦腆少年。在這一點上——尤其是這一點，他肯定跟經歷過伏見鳥羽之役的槍林彈雨，並且日益以血氣之勇自豪的父親迥然不同。

不知從幾歲時起，或者憑藉何種理論，他確信自己不同於父親的原因，就在於喝了牛奶。嗯，就連體弱，他也確信是喝了牛奶之故。如果是喝牛奶造成的，就有點先天不足了，而最後他的朋友肯定看穿了他的祕密。為此，他隨時接受朋友的挑戰。挑戰當然不止一項，有時是不用撐竹竿躍過竹倉大水溝，有時是不用梯子爬上回向院的大銀杏樹，有時是與他們中的一個打架。站在大水溝前，信輔感到膝頭發顫，然而他緊閉雙眼，拚了命從漂浮著綠藻的水面一躍而過。這種恐懼和遲疑，在爬上回向院大銀杏樹時、在與他們中之一打架時，也同樣向他襲來。但是，他每次都勇敢地征服了它們。就算出自迷信吧，那的確是斯巴達式的訓練，這種斯巴達式的訓練在他的右膝頭留下了永不消失的傷痕。對於他的性格——信輔至今仍記得父親盛氣凌人的牢騷——「你這小子沒毅力，還愛逞強，不行。」

但是，所幸他的迷信慢慢消失了。不僅如此，從西洋史中，他至少發現了近乎反證其迷信的東西。那就是羅馬建立者羅慕路斯[5]喝狼奶的一節。自此之後，他就不在乎不識母乳

5 羅慕路斯，傳說中古羅馬的建立者，與孿生弟弟雷穆斯一起喝狼奶長大。

的事了。喝牛奶長大，反而變成了他的驕傲。

信輔記得，升上初中的春天，他曾跟上了年紀的叔叔去過叔叔經營的牧場。尤其記得自己一身校服，胸部靠在柵欄上，給走過來的白牛餵乾草。牛仰望著他的臉，鼻子輕輕嗅著乾草。他打量牛臉時，突然從牛的瞳仁中感覺出某種接近於人的東西。是幻想？——也許是吧。在他的記憶裡，至今仍有一頭大白牛在花朵盛開的杏樹枝下，走近柵欄，仰望著他——懷戀地、心平氣和地仰望……

三、貧困

信輔家貧，只不過他們的貧困，不是雜居聯排平房的底層人的貧困，而是中流裡的下層的貧困：為了保住體面，必須承受痛苦。他父親是退職官吏，除了多少有點存款利息，一年五百圓的養老金，必須讓包括女傭在內的全家五口人糊口。為此，必須節儉再節儉才行。

他們居住在有小小庭園的帶街門的房子裡，連玄關在內算五間之家。但新衣服之類，就誰都置辦不起了。父親愛晚酌，時常以拿不出手的劣酒充數。母親的和服外褂裡面，隱藏著盡是補丁的衣帶。信輔也——信輔仍記得他桌子的清漆味。雖然買的是舊桌子，但鋪桌面的綠色呢絨也好、閃亮的抽屜金屬配件也好，看起來頗為漂亮。而其實呢，呢絨很薄，抽屜也不曾關合過。與其說這是他的桌子，不如說是他家的象徵，是他家苦撐著體面地生活的象徵……

信輔曾憎恨這種貧困。不，當時的憎惡至今仍在他心底留下迴響，難以消失。他買不起書，上不起暑期班，也穿不起新大衣。而他的朋友個個受用著這些東西。他羨慕他們，有時甚至嫉妒他們。但是，他不肯承認那種嫉妒和羨慕，因為他瞧不起他們的才能。然而，對於貧困的憎惡，卻不因此而有絲毫改變。他痛恨家裡一切寒磣之處——舊榻榻米、昏暗的煤油燈、花紋斑駁的壁紙。這些還好。就為這寒磣，他恨生他的父母，尤其恨比他個子矮、禿頂的父親。父親時不時出席學校的家長會，信輔以在友人面前見父親為恥。同時，自己以親生父親為恥的卑下情操，又讓他深以為恥。他模仿國木田獨步[6]寫下了《不自欺記》，在一頁泛黃的格紙上寫下這樣一節：「吾不能愛父母。否，非不能愛也。吾雖愛父母其人，然不能愛父母之外表。以貌取人，君子之恥，況父母之貌乎？然吾無論如何不能愛父母之外表……」

6 國木田獨步（一八七一—一九〇八），日本小說家、詩人。代表作有小說《武藏野》等。

然而，比起寒磣的模樣，他更憎恨因貧困而導致撒謊。母親用「風月堂」的點心盒裝蛋糕當禮物送親戚，但裡面的東西根本與「風月堂」無關，而是附近點心鋪的蛋糕。

父親也——父親是如何煞有介事地教導他「勤儉尚武」的啊。據父親教訓，甚至在一冊舊《玉篇》[7]之外再買《漢和辭典》，也屬於「奢侈文弱」！不僅如此，信輔自己也一再撒謊，並不下於父母。每月五十個銅錢的零用錢一個不能少，除此之外，他最為想要的是買書或者雜誌。他利用一切機會製造理由騙取父母的錢：或藉口找零的錢丟了，或藉口班上要交班費。如此錢仍不夠花時，便取巧討父母歡心，索取下個月的零用錢，尤其是對遷就他的年老母親獻殷勤。當然，他討厭自己撒謊，跟討厭父母撒謊一樣。但是他撒謊了，大膽狡猾地撒謊了。那必定是他最重要的事情。他同時還從中獲得病態的愉快——確確實實得到了某種類似於殺神殺佛的愉快。的確，唯獨在這一點上，他接近於一個不良少年，他的《不自欺記》在最後一頁留下了這樣幾行字：

「國木田獨步說，愛戀愛。吾則恨憎恨。恨貧困、恨虛偽、恨一切憎恨……」

這是信輔的真心話。不知不覺中，他憎恨起憎恨貧困本身，這種雙重的憎恨一直折磨著二十歲前的他。不過，他並非完全沒有一丁點幸福。他每次考試都得到第三或第四名的成績，又有某低年級美少年出人意料地向他表示愛慕。但是，那些事情對於信輔而言，只是陰天裡的一抹陽光。憎恨比任何感情都要沉重地壓在他心頭。不僅如此，還不知不覺中在他心頭留下難以消除的痕跡。即便在他脫離貧困之後，也不能不憎惡貧困。同時，他也不得不像憎恨貧困那樣憎恨豪奢——這種對於豪奢的憎恨，是中流裡的下層的貧困所留下的烙印。或者說，唯有中流裡的下層的貧困，才有這樣的烙印。他直至今天，仍感受著自己身上的這種憎惡，必須與這種貧困奮戰的、中產階級的道德恐懼……

大學畢業那年秋天，信輔拜訪了學校法學系的一位朋友。他們在牆壁和壁紙都已經陳舊的八席大房間裡說話。他們身後出現了一位六十歲左右的老人，從老人面容上，信輔直覺這是一位退休官吏，因為他有一張酒精中毒的臉。

「我父親。」

朋友簡單地介紹那位老人。老人進裡間之前，說道：「你們慢慢聊，那邊也有椅子。」果然，黑漆漆的簷廊裡，擺著兩把有扶手的椅子。那是半個世紀前的舊椅子，齊腰高、有褪色的紅坐墊。信輔從這兩把椅子感受到所有中流裡的下層的貧困。同時，他也感覺到，他的朋友也像他一樣，以父親為恥。這樣的小事件，也清晰地留在他苦澀的記憶中。這樣的感

7 《玉篇》，中國舊字書，梁顧野王編，在當時用得很廣泛。

受，也許今後仍在他心頭留下諸多陰影：他確確實實是一個退休官吏的兒子。較之下層階級的貧困，他是一個必須安於虛偽的、產生於中流裡的下層之貧困中的人。

四、學校

學校給信輔留下的，也全是暗淡的記憶。假如除去兩三門沒記筆記的課之外，他從未對學校的課程感興趣過。但是，初中升高中、高中升大學地讀下去，是脫離貧困的唯一救生衣。信輔初中時並不認同這個事實，至少沒有認識清楚。然而，從初中畢業時起，貧困的威脅，就開始像陰天似的壓在信輔心頭。他在讀大學或高中時，多次計畫退學不讀書了。然而貧困的威脅每每顯示暗淡的將來，輕易就使之無法實施。他當然憎恨學校，尤其討厭諸多拘束的初中。警衛傳來的喇叭聲是那麼刻薄！廣場上的楊樹帶著那麼濃厚的陰鬱色彩！信輔在那裡學習了所有無用的小知識——西洋史的日期、不做實驗的化學方程式、歐美某城市的居民人數等等。學那些東西只要稍微努力一下，也不算什麼苦差事。但要忘記無用的小知識也很難。杜斯妥也夫斯基在《死屋手記》裡作的比喻：將第一桶水倒入第二桶水，又將第二桶水倒入第一桶水那樣，被強迫做無用勞役的話，囚犯就會自殺了。信輔在灰色校舍裡，在高高的楊樹的沙沙聲中，經歷著這種囚犯所受的痛苦。不僅如此——

不僅如此，要說他最憎恨的老師，也是在初中。作為個人，老師絕不是壞人。但是，「教育的責任」——尤其是處罰學生的權力本身，將他們變成了暴君。他們不擇手段地將他們的偏見接種在學生的心上。現實中，他們的某位外號「達摩」的英文老師，以「狂妄」為由，一再體罰信輔，而所謂的「狂妄」，不外就是信輔在讀獨步或花袋[8]。還有他們中的某位——就是那個左眼是義眼的語文老師——這位老師不喜歡他對武藝或競技沒有興趣，為此一再嘲笑信輔「你是女人嗎」。信輔某次火冒三丈，反問道：「老師是男人嗎？」老師當然處罰他出言不遜。除此之外，重讀紙頁泛黃的《不自欺記》，可知他蒙受的屈辱不勝枚舉。信輔自尊心強，有意識地保護自己，常常必須反抗這樣的屈辱。否則如同天下的不良少年，就只有輕賤自己了。他當然尋求將《不自欺記》作為這種自強術的工具——

予蒙受惡名甚多，然得分為三：

其一文弱也。所謂文弱，指重視精神力甚於肉體之力。

其二輕佻淺薄也。所謂輕佻淺薄，指愛好功名利祿之外的美好事物。

8 花袋，即田山花袋（一八七二—一九三〇），日本小說家，自然主義文學代表作家，作品有《棉被》等。

其三傲慢也。所謂傲慢，指在他人面前妄稱堅持自己的信念。

但是，老師也不全都是迫害他的。他們中的某位邀請他參加家人在內的茶話會，另一位借給他英文小說之類。他上完四年級時，記得在借閱的小說中有《獵人筆記》英譯本，讀來甚快。「教育上的責任」常常妨礙信輔與他們作人與人的深交。因為其中潛藏著獲得他們的好意，需要討好他們的權力的卑下意識，要不就是潛藏著要討好他們的同性戀醜陋意識。在他們面前時，他總是手足無措。此外，他還會笨手笨腳地去拿香菸盒，或站著看戲時發笑。他們當然將這種沒禮貌解釋為態度不遜。這個解釋尚算合理：他肯定原本就不是一個討人喜歡的學生。看他箱底的舊照片，頭大身小不合比例，唯雙目炯炯，可知是個病弱少年。而且這個臉色不佳的少年提出有毒的問題，將為難好好先生的老師，當作無上的快樂！

信輔大凡考試都得高分。唯有所謂操行，沒一次超過6分。從6這個阿拉伯數字，他感受到教師辦公室裡頭的冷笑。實際上，老師曾以操行分作為擋箭牌嘲笑過他。他憎恨這樣報復他的老師。

現在也不，現在他在不知不覺中已忘記了當時的憎惡。初中對他而言是一場噩夢。然而，噩夢卻未必就是不幸。至少他因此而養成了忍受孤獨的性情。否則，他走過的半生，比今天更感苦澀吧。他像他曾夢想的那樣，成了好幾本書的作者。但是，給予他的東西終歸是落寞的孤獨。安於這種孤獨的今天——或者明知安於孤獨之外別無他法的今天，若回顧二十年前的從前，折磨過他的初中校舍，毋寧說是帶著美麗的玫瑰色呈現在薄暮之中。唯有操場上的楊樹依舊茂盛，隱隱傳來樹梢寂寞的沙沙聲……

五、書

從小學起，信輔就對書產生了熱情。教會他這種熱情的，是父親壓書箱的帝國文庫本《水滸傳》。一個腦袋大大的小學生，就著煤油燈昏暗的光，反覆閱讀《水滸傳》。不僅如此，不必打開書，他就能想像「替天行道」的旗幟、景陽崗上的猛虎，或者菜園子張青懸梁上的人腿。想像？但是，那種想像較之現實有更深一層的現實性。他又無數次手提木劍，在晾曬乾菜的後院裡，與《水滸傳》裡的人物——一丈青扈三娘或者花和尚魯智深打鬥。這種熱情在三十年間一直支配著他。他記得，自己時不時通宵面對書本。不，他記得，自己是在桌上、車上、廁上——有時在路上也專注地讀書。當然，木劍自《水滸傳》以來再也不摸了，但他無數次為書笑、為書哭。說來那就是「換位」吧，變成了書中人物。他像天竺之佛那樣，度過了無數的「前生」。伊凡・卡拉馬助夫、哈姆雷特、安德烈公爵、唐璜、梅菲斯特、列那狐……而且其中的某些還不限於一時的「換位」。

現實中，某個晚秋的下午，他為了得到零用錢而探訪年邁的叔父。叔父是長州萩人。他故意在叔父面前大談特談維新大業，讚歎上自村田清風、下至山縣有朋的長州人才。這個臉色蒼白、充滿虛偽激情的高中生，與其說是當時的大導寺信輔，毋寧說是年輕的朱利安・索萊爾——《紅與黑》的主人公。

這麼一個信輔，當然是從書本中學習一切東西，至少沒有一處不仰賴書。現實中，他為了理解人生而眺望街頭行人，毋寧說是捨近求遠。街頭行人對他來說，只是行人而已。他為了瞭解他們——他們的愛恨、他們的虛榮心，除了讀書別無他法。讀書——尤其是世紀末的歐洲產生的小說和戲曲。

他終於在冷冷的光中，發現了展開在他面前的人間喜劇。不，或者說，甚至發現了自己不分善惡的靈魂。學到的那些並不局限於人生。他在本所的街巷發現了自然之美。但是，他看自然的眼光有一些敏銳，這得益於幾本愛讀之書——其中有元祿的俳諧[9]。他因為讀過這些書，甚至發現了本所街巷裡不為人知的自然之美。如「近都皆山也」、「鬱金田裡秋風起」、「海上下陣雨，滿帆復偏帆」、「蒼鷺聲隱黑暗裡」[10]。這種「從書本到現實」，往往是信輔的真理。

他覺得自己的半生之中，戀愛過好幾位女子。然而，她們中任一人都沒有教給他女性之美。至少除了書本學習之外，沒人教他女性之美。他向戈蒂耶或者巴爾札克、托爾斯泰學習，懂得欣賞透過耳朵的陽光和落在臉頰上的睫毛影子。女人至今仍向信輔傳達這方面的美。如果不學習這些，他也可能只發現了雌性而不是女性……

然而，窮信輔始終不能自由購買他要讀的書。好歹緩解他這種困難的，首先是圖書館，第二是租書店，第三是他的節儉。他甚至招致吝嗇之譏。

他記得很清楚——那間租書店面向水溝，店裡好心腸的老婆婆——她的副業是做花簪——相信了才讀小學的天真「公子」。但這位「公子」不知何時起發明了假裝找書的偷讀本領。他又清楚記得，二十年前的神保町大道，一大排盡是舊書鋪，髒兮兮的，陽光照射在那些舊書鋪的屋頂上，看得見九段阪的斜坡。當時的神保町大道當然沒通電車和馬車。他——一個十二歲小學生，腋下夾著便當和筆記本，為了去大橋圖書館而無數次在這條馬路上來回。從大橋圖書館去帝國圖書館，路程是一個來回一里半。他仍記得帝國圖書館給他的第一

9 俳諧，俳句的舊稱。

10 順次分別為憔然、凡兆、去來、芭蕉的俳句。

個震撼——對高高天花板的恐懼、對大窗戶的恐懼、對無數人坐滿了無數椅子的恐懼。幸好去了兩三次後，這種恐懼就消失了。

他隨即就喜歡上閱覽室、鐵樓梯、目錄盒子、地下食堂。還有去大學圖書館和高中圖書館，他從這些圖書館借了不下幾百本書，又從這些書愛上了不下數十種書。然而——

然而他所愛的書，都是他買的書——幾乎都跟內容無關就愛上了。信輔為了買書，不涉足咖啡館。他的零用錢當然常常不夠花，為此，他一週三次去輔導親戚家的初中生數學。如此仍入不敷出時，無奈只好去賣書。但賣書錢從未達到買書錢的一半以上。不僅如此，將擁有許久的書交給舊書商，對他而言常常是悲劇。

某個下小雪的夜晚，他將神保町大道的舊書鋪一間一間看過去。在某舊書鋪中，他發現了一冊《查拉圖斯特拉如是說》。它不僅僅是一本《查拉圖斯特拉如是說》，而是他約兩個月前賣掉的、書上盡是他摩挲痕跡的《查拉圖斯特拉如是說》。他佇立鋪頭良久，仔細翻閱這本舊《查拉圖斯特拉如是說》，越讀越有親切感。

「這本書賣多少錢？」

站了十分鐘之後，他向書鋪女主人示意手上的《查拉圖斯特拉如是說》。

「一圓六十錢——給你打個折，就一圓五十錢吧。」

信輔想起，自己是以七十錢賣掉這本書的。砍價到一圓四十錢——賣出價的兩倍之後，信輔終於再次買下這本書。雪夜的馬路上，家家戶戶和路上的電車都靜悄悄的，頗為奇特。他走這條遠路返回本所途中，不住地感受著懷裡鐵色封面的《查拉圖斯特拉如是說》。但與此同時，嘴裡又一再嘲笑自己……

六、朋友

信輔交友要看對方的才華。無論多麼君子，操行之外別無所長的年輕人，於他而言就是無用的路人——不，毋寧說是每次遇上都得損一下的小丑。這對於操行分6分的他來說，是理所當然的態度。

從初中到高中、從高中到大學，他在就讀幾所學校期間，不住地嘲笑他們。當然，他們中的某些人對他的嘲笑很憤怒。但是，他們中的個別人為了感受他的嘲笑，又過於像模範君子了。對於被稱為「討厭的傢伙」，他多少是感覺愉快的。若任何嘲笑都沒有反應，他倒是憤憤然。

現實中，一位這樣的君子——某高中的文科生，曾是李文斯頓[11]的崇拜者。和宿舍的信輔說起自己某次的荒唐事：他煞有介事地說，拜倫閱讀《李文斯頓傳》時，大哭不止。從那時起經過二十年至今，這位李文斯頓崇拜者在某基督教會的機關雜誌上仍舊讚美李文斯頓。不僅如此，他的文章以這樣一行字開頭：「就連『惡魔詩人』拜倫，讀了李文斯頓的傳記也流淚了，這教導了我們什麼呢？」

信輔交友須論對方才華多寡。即便對方為君子，不貪求知識的年輕人，對他仍是路人。他不求朋友間情投意合，他的朋友即便不具有一顆年輕的心也無妨。不，所謂親密朋友，毋寧說他是害怕的。同時他的朋友不具備頭腦是不行的。頭腦——堅實的頭腦。他愛這種頭腦的擁有者，甚於任何美少年。與此同時，較之任何君子，他也更加憎恨這種頭腦的擁有者。實際上，他的友情總有幾分在愛之中孕育憎惡的熱情。

時至今日，信輔仍相信，沒有這種熱情就沒有友情。至少他相信熱情，就沒有不帶「主從關係」味道的友情。何況當時的朋友，轉過臉就是不相容的死敵。他以他的頭腦為武器，不斷地與他們搏鬥。惠特曼、自由詩、創造性轉化——戰場幾乎處處是。在這些戰場，他時而擊倒他的朋友，時而被他們擊倒。這種精神上的搏鬥，肯定是因為殺戮的快樂而進行的。但是，自然而然地從中呈現新的觀念、新的美姿也是事實。凌晨三點鐘的蠟燭如何照射著他們的論戰，武者小路實篤的作品是如何支配著他們的論戰——信輔鮮明地記得，九月的某個夜晚，好幾隻大燈蛾聚攏到燭火前來。牠們一觸到火焰，就掙扎幾下，難以置信地死了。這事對今天也許並沒有什麼特別的意義。但時至今日，每當信輔想起這起小小的事件——每次想起美麗的燈蛾不可思議的生死，不知何故，心底裡多少感覺到寂寞……

信輔交友須論對方才華多寡，標準僅此而已。但這個標準也並非絕無例外，那就是阻斷他與他朋友的社會階級差別。

信輔與成長過程相似的中產階級的青年相處自然。對於他所認識的、僅有的上流階級青年——有時是對中流之上層的青年，就換了個人似的，奇特地有憎惡之感。他們中的某人頹廢，他們中的某人怯懦，他們中的某人是官能主義的奴隸。然而，他的憎惡卻未必盡是為這些原因。不，較之這些原因，毋寧說是某些漠然的因素。不過，他們中的某人自身也未曾意識到在憎惡著這些「漠然因素」；為此，又對下層階級——他們的社會反面，感覺到病態的慶幸。他同情他們，但是，他的同情畢竟沒有作用。這種「漠然因素」在握手之前，像針一樣刺痛他的手。

---

11 李文斯頓（一八一三—一八七三），英國傳教士、探險家。

某個風寒的四月下午，曾是高中生的他與他們中的一人——某男爵的長子站立在江島的山崖上。眼底下就是荒涼的海濱。他們給潛水的少年投去幾枚銅錢。那些少年每見銅錢落下，便撲通撲通跳進海裡打撈。但是，只有一名海女坐在崖下火堆前，看著眼前的景象發笑，沒動。

「這回得讓她也下海！」

他的朋友用菸盒錫紙將一枚銅錢裹起來，然後身體後仰，用力扔了出去。閃閃發亮的銅錢落向高高的浪頭。那海女當下就率先跳入海中。信輔至今記得，他的朋友嘴角清晰地浮現殘酷的微笑。他的朋友具備出色的語言學才華，但是，又確實長著異常銳利的犬齒……

附記：感覺這篇小說要再寫個三、四倍長，肯定不符合本次發表的題目〈大導寺信輔的半生〉，但因為沒有其他題目，無奈就這樣用了。如果視之為〈大導寺信輔的半生〉的第一篇則幸甚。

大正十三年（一九二四）十二月

大石內藏助的一天

明媚的陽光照射在緊閉的拉門上，老梅樹蒼勁的影子像一幅畫，從右至左占據了好幾格門紙。原淺野內匠頭[1]的家臣大石內藏助良雄[2]，此時正寄居在細川家。他背對那扇拉門端坐，從剛才起就在專注地讀書。書籍恐怕是從一位細川家的家臣那裡借的《三國誌》裡的一冊吧。

在客廳裡的九人中，片岡源五右衛門剛剛去了廁所。早水藤左衛門去了下房聊天，還沒回到這裡。其餘的有吉田忠左衛門、原物右衛門、間瀨久太夫、小野寺十內、堀部彌兵衛、間喜兵衛六人，他們彷彿忘記了照在拉門上的日影，或專心讀書，或在寫信。或許因為

1 淺野內匠頭，指淺野長矩。內匠頭，在宮廷中管營造，是內匠寮的長官。

2 大石內藏助良雄，是赤穗城城主淺野長矩家的家臣總管，主人蒙冤自殺、領地也被沒收後，他率部分家臣祕密策畫復仇，並且成功殺死仇人吉良。

六人都是年過五十歲的老人吧，在早春寒涼的客廳裡悄無聲息。即便不時有人清清嗓子，也沒有攪動飄蕩著的微微墨香。

內藏助突然從《三國誌》挪開視線，一邊望向遠方，一邊把手輕攏在身邊的火盆上烤火。加了鐵絲網的火盆裡頭，炭底紅得耀眼，映照著濛濛炭灰。感受到熱氣，內藏助臉上浮現出越發心滿意足的表情。正好去年的臘月[3]十五日，為故主復仇、撤至泉岳寺時，他詠詩一首「捨身復仇成一快，塵世豈容雲遮月」，當時的滿足回來了。

自從撤出赤穗城以來，他在焦慮和謀畫中，度過了近兩年艱難的日子。僅僅是控制住容易衝動、動輒要拚命的夥伴，靜等時機成熟，已經費了天大的工夫。而且仇家派出的細作，不斷窺探他的周圍。他裝作放蕩不羈，以欺騙這些細作的眼睛，與此同時，也非要解除自己同志的疑惑不可：他們也被自己的「放蕩」欺騙了。回想山科和圓山最初的謀畫，當時的苦衷又在心中浮起——但是，一切都已實現了。

若說尚有未了之事，那就是政府對這一夥四十七人的處置而已。而這一處置，肯定為期不遠了。是的，一切已經實現了。這次行動，也不單單是成就了復仇之舉而已。一切都幾乎是以與他道德上的要求完全一致的形式成就。他不僅可以回味完成復仇事業的滿足，也同時回味著體現了道德的滿足。而且，那種滿足無論從復仇目的來看，還是從手段來看，都絲毫沒有讓他的良心內疚之處。對他而言，不可能有更好的滿足了……

內藏助這樣想著，舒展雙眉，隔著火盆對吉田忠左衛門說話——吉田忠左衛門看書累了吧，正用手指在膝上的書本上模擬習字。

「今天很暖和吧？」

「對呀。就這樣待著，或許是因為太暖和，睡意就來了。」

內藏助微笑了。因為他的腦海裡突然浮現出正月的元旦，富森助右衛門喝三杯屠蘇酒[4]醉了，吟誦了詩句「今日又逢春，且做酣睡武士罷，夙願已了償」的場景。句意也和良雄剛剛感受的滿足一致。

「也屬於壯志已酬，這樣一種放鬆狀態吧。」

「是啊，也有這樣的意思。」

忠左衛門拿起手頭的菸管，很享受地吸上一口。青煙在早春下午嫋嫋上升，在明淨的視界中變淡、消散。

3 臘月，原文為「極月」，陰曆十二月的別名。

4 屠蘇酒，新年喝的酒。

「如此恬靜而優閒地度日，是我們沒有料想到的吧。」

「對啊。我沒想到還能再見春天啊。」

兩人滿足地以目示意，一起微笑起來——此時，良雄身後的拉門投下一個人影，那影子將手放在拉門把手上，兩者便一同消失，取而代之的是早水藤左衛門魁梧的身影進入了客廳。如果不是他的出現，良雄將得以一直沉浸在愉快的春日和暖中，回味自豪的滿足之情吧。但現實是氣色甚佳的藤左衛門滿臉微笑，不客氣地來到兩人之間。他們當然對此沒有察覺。

「下房裡頭相當熱鬧哩。」

忠左衛門這樣說著，又吸了一口菸。

「今天值班的是傳右衛門大人，所以瞎聊得很起勁吧。片岡等人剛剛過去，一屁股坐下來就不走了。」

「難怪耽擱這麼久呢。」

忠左衛門被煙嗆了一下，苦笑道。這時，一直揮筆疾書的小野寺十內想起了什麼似的抬了一下頭，但立即又將視線投在紙上，俐落地寫起來。他恐怕是寫信給京都的妻子女兒吧——內藏助眼角皺紋深深，笑著問道：

「有什麼趣聞嗎？」

「沒有啦，還不都是瞎扯。不過剛才近松甚三郎說話時，傳右衛門他們也眼含熱淚傾聽。除此之外——不，說來也很有趣，據說自我們誅滅吉良老爺以來，江戶城中一時復仇殺人成風。」

「哈哈，這可完全沒想到啊。」

忠左衛門一臉詫異地看著藤左衛門。對方說這事時，不知何故，似乎非常得意。

「現在已經聽說了兩三件類似的事情，其中好笑的是發生在南八丁堀的湊町一帶的事。事情的起因，是那一帶的米店老闆在澡堂跟旁邊的染坊師傅吵架，也就是濺到了洗澡水之類的無聊小事。最終，據說米店老闆被染坊師傅用洗澡桶狠揍了一通。於是，一個米店小夥計對此懷恨在心，傍晚時分，等那個師傅外出時，伏擊了他。據說小夥計用鐵鉤插中染坊師傅肩頭，嘴裡嚷著：『讓你知道厲害，這是給主人報仇！』……」

藤左衛門一邊比畫，一邊笑嘻嘻地說。

「那可是無法無天了啊。」

「那染坊師傅好像受了重傷，不過，附近的人認為小夥計幹得好，真是不可思議。除此之外，在通町三丁目有一宗案子，新麴町二丁目也有一宗案子——還有一宗，是在哪裡呢？

總而言之，據說到處都有。都說是學我們呢，可笑不可笑？」

藤左衛門和忠左衛門相視而笑。聽見復仇之舉給予江戶人心的影響，無論事情多麼小，肯定很開心。唯有內藏助，僅僅是一手撫額沉默著，一臉興味索然的神色——藤左衛門的話，在他滿足的心上蒙上了些微奇特的陰影。說來，他當然不必為他行為的一切結果包攬責任。他們實施復仇之舉以來，江戶城裡流行報仇，這當然與他的良心風馬牛不相及。儘管如此，他的心裡卻有之前春天的溫暖減去了幾分的感覺。

事實上，那時的他，僅僅是為己方所做事情的影響力波及了意外的地方，而略感吃驚而已。假如是平時的他，就會和藤左衛門、忠左衛門一道一笑了之，但此時他已經非常滿足的心頭，突然播下了不快的種子。這恐怕是因為他的滿足太個人化，與事情發展背道而馳，帶有肯定其行為和一切結果的自私性質吧。理所當然地，當時他的心上，還絲毫沒有這樣解剖式的思考。他只是在春風的底部感受到一股寒氣，莫名地變得不愉快而已。

但是，內藏助沒笑，這似乎沒有特別引起兩人的注意。與人為善者如藤左衛門，甚至確信自己感興趣的事情，則內藏助必然也感興趣。否則，他肯定不會親自去下房，把當天當值的細川家的家臣堀內傳右衛門特地領到這裡來。事事勤快的他回頭看看忠左衛門，說了句「我把傳右衛門叫來」，就匆匆拉開了隔扇，一溜煙跑去下房了。沒多久，只見他陪著一眼看起來很粗俗的傳右衛門，仍舊一臉微笑，揚揚自得地回來了。

「有勞人家特地過來，實在不好意思了。」

忠左衛門一見傳右衛門的模樣，就微笑著，代替良雄這樣說道。因為傳右衛門樸素而率真的性格，自他們被監禁以來，他和他們之間已經建立了老友般的情感。

「因為早水兄要我務必過來，我儘管怕妨礙各位，還是露面了。」

傳右衛門就座後動了動他的粗眉，曬黑的臉頰上一副就要笑起來的神情，無一遺漏地遍視在場的每一個人。然後，無論是在讀書的，還是寫作的，都一一與他寒暄。內藏助也殷勤地點頭打招呼。其中唯一有點滑稽之感的是堀部彌兵衛。他攤開著《太平記》[5]，戴著眼鏡就打起了瞌睡。他猛醒過來，忙不迭地摘下眼鏡，鄭重其事地鞠躬致意。間喜兵衛見狀，也覺得好笑吧，向一旁的屏風轉過臉，繃著臉強忍住沒笑出來。

「看來傳右衛門大人討厭老人啊，總不過來這邊。」

內藏助適時地調侃一句，這是少有的。雖然他的心緒有幾分被擾亂，但心底裡仍溫暖地流淌著剛才的滿足之情。

5 《太平記》，大概成書於一三七一年前後的日本戰爭故事書，描寫日本的南北朝內亂。

「哪裡哪裡。那邊眾人總是挽留，不知不覺中只顧說話，忘記了時間。」

「剛才所知，有相當多有趣的事情啊。」

忠左衛門也從旁插話：

「要說有趣的事情嘛……」

「說的就是江戶流行起『模仿復仇』的現象了。」

藤左衛門說著，笑嘻嘻地打量著傳右衛門和內藏助。

「噢，是那回事啊。所謂人情，實在是很奇妙。被諸位的忠義所感動，就連市民百姓也跟風效仿了。這樣子，將如何改變上下放蕩散漫的風俗，還不知道呢。淨琉璃呀歌舞伎呀，流行的都是我們不想看的內容，這不正好使之一新嗎？」

對話的進展，似乎向著內藏助不情願的方向深入。於是，他鄭重其事地謙遜一番，想巧妙地扭轉聊天的方向。

「讚揚我們忠義是值得高興的，但以我個人所見，首先我們還是覺得慚愧。」

他說著，環顧眾人。

「要說為什麼，赤穗藩眾藩士中當初有種種人物，但如各位所見，如今在座的卻全都是小人物而已。儘管初時與管家奧野將監之類也談起過我們的計畫，但他中途便改變心意，最終脫離了同盟，只能說是遺憾了。除此之外，新藤源四郎、河村傳兵衛、小山源五左衛門等等，排位在原物右衛門之上；佐佐小左衛門等，身分比吉田忠左衛門高，但到快要行動時，想法就改變了。這些人當中，還有我的親戚。由此來看，感到慚愧也是當然的吧。」

內藏助此話一出，當場的氣氛一下子沒有了之前的歡快，嚴肅起來了。在這個意義上，不妨說，聊天已按他的意圖，改換了方向。不過，對內藏助而言，改換之後的方向是否讓他滿意，則是另一個問題。

聽了他的述懷，早水藤左衛門先是將緊握的雙拳在膝上摩擦幾下，然後說：

「他們全都是些衣冠禽獸，沒有一個是夠格的武士。」

「對啊。至於高田群兵衛之流，就是畜生不如。」

忠左衛門抬起眉眼，尋求贊同似的看著堀部彌兵衛。一向慷慨激昂的彌兵衛自然不會沉默。

「撤退的早上遇到他們時，真是吐他們一臉唾沫也不能消氣。因為他們竟然厚顏無恥地在我們面前露臉，說什麼『達成心願、可喜可賀』什麼的。」

「高田是差勁，那小山田莊左衛門也夠混蛋的啦。」

間瀨久太夫自言自語地這麼一說，原物右衛門和小野寺十內也都異口同聲地開始咒罵背盟的傢伙。就連沉默寡言的間喜兵衛，雖然嘴裡沒說，也頻頻點著滿是白髮的腦袋，表示贊同大家的意見。

「在一個藩裡，竟有大家這樣的忠臣，又有那種傢伙，也實在是不可思議。既然如此，不要說武士，就是市民百姓也說他們的壞話，說他們是『草包武士』、『尸位素餐之人』。岡林杢之助等人，去年也切腹了，但風聞是親戚商定了，逼其剖腹自殺。另外，即使說不至於到這種地步，從他們的立場看的話，也是名譽掃地吧。其他人就更不用說。身在見義勇為的江戶，且又是引起公憤之事，以至於有人模仿復仇，出現斬殺這些人的情況也未可知。」

傳右衛門語氣激昂，一副理所當然的樣子。看這樣子，他自己比任何人都適合擔當斬殺的任務。受到鼓舞的吉田、早水、堀部等人都興奮起來了，越發猛烈地痛斥亂臣賊子——其中唯有大石內藏助一人將雙手擱在膝上，神情越發顯得無聊，插話也更少了，他凝視著火盆裡頭。

他發現了一個新的事實：聊天改換方向之後，以改變主意的舊友為代價，他們的忠義越發被頌揚。於是，吹過他心底的春風，又再減去幾分溫暖。他當然不單是為了惋惜背盟之徒而轉移聊天的方向。對他來說，實際上為他們的變心感到遺憾且不快，但是，他的確憐憫那些不忠的武士，卻並非憎恨。人心向背，世態炎涼，在人情練達的他看來，他們的變心大都再自然不過了。如果允許使用「率真」一詞，那就是「可憐巴巴的率真」。也就是說，他對於他們，始終不改寬容的態度。何況在復仇事成的如今來看，可給予他們的，就只剩下憐憫的取笑而已。世間對他們，似乎殺之猶嫌不足。為何捧我等為忠義之士，就非要把他們打成衣冠禽獸不可？我們和他們的差異實際上並不大——內藏助對事件給予江戶市民的微妙影響原本就感覺不快，此刻他對傳右衛門所代表的輿論中，背盟之徒所蒙受的影響持稍稍不同的看法。他苦著臉絕非偶然。

但是，內藏助的不快，注定在此之上，還得接受最後的折磨。

傳右衛門見內藏助默默無言，推測大致是因他為人謙遜，對他的人品越加敬服。為了表達他心中的敬意，這位樸直的肥後[6]武士硬是將話頭一轉，對內藏助的忠義大加頌揚。

「往日從學所知，有唐土的武士，不惜吞炭弄啞自己，以尋機為主人報仇。[7]但是，這種有違人本性的極端手法，遠遠不如內藏助先生吃的苦頭那麼大吧。」

6 肥後，日本舊地名，在今熊本縣。

7 指春秋戰國時期刺客豫上，為刺殺趙襄子，漆身吞炭，改變聲音形貌，矢志復仇，事敗而死。

這麼個開場白之後，傳右衛門詳盡地敘述了內藏助一年前極盡荒唐的逸聞。在高尾[8]和愛宕山賞紅葉時，他裝瘋賣傻，那是多麼難堪的事啊。在島原[9]和祇園[10]的賞花宴，他也不得不使出苦肉計，肯定痛苦萬分……

「據悉當時在京都，流行一首詞為『大石輕飄飄，原是紙糊成』的曲子。內藏助甚至於欺瞞天下到這個地步，非功力深厚，不能做到吧。之前天野彌左衛門先生以沉勇一詞讚美他，極其準確。」

「哪裡，這算不上什麼了不起的事。」內藏助勉勉強強地回答道。

當事人不居功的態度，讓傳右衛門心有不甘，與此同時，他更感到內藏助為人高深吧。之前他一直面對內藏助，現在他換了個方向，面對著長年在京都當差的小野寺十內，表達他對內藏助越發心悅誠服之意。他那孩子般的熱情，對於在夥伴中素以通曉世故著稱的十內而言，可笑的同時也很可愛吧。十內老實地順著傳右衛門的意思，詳細說了當時內藏助為了欺騙仇家的細作，披上僧人的袈裟，去升屋找名妓夕霧。

「正經八百的內藏助，當時也寫了一首〈鄉情小調〉。結果大受歡迎，遊樂之處沒有不傳唱的。而當時的內藏助的形象，就是一身皁衣，醉步蹣跚在祇園紛飛的櫻花瓣中，周圍是嚷嚷『阿浮阿浮』[11]的人。〈鄉情小調〉大流行，內藏助的放蕩出了名，這些也不奇怪。總之夕霧也好，浮橋也好，在島原和撞木町的名妓中，對內藏助無不待為上賓。」

內藏助幾乎是以受辱的心情，尷尬地聽十內這番話。與此同時，當日放蕩的記憶，在無意識中回想起來了。對他來說，那是色彩鮮明得不可思議的記憶。在他的回憶之中，看得見長蠟燭的光芒，聞得到沉香油的香氣，聽得見加賀小調[12]的三弦。不，剛剛十內說的〈鄉情小調〉的歌詞「縱然淚溼衣袖，到底是露水情緣」，與名妓夕霧和浮橋那春宮圖畫般的嬌媚身影一起，清晰地浮現心頭。出現於記憶中的這一切放蕩生活，他是如何心一横而受用了的啊！在這種放蕩生活中，他又如何享受那些悠然忘卻復仇的瞬間！他為人太正直，不屑於欺騙自己，否定這一事實。對洞悉人性的他而言，當然明白這一事實是不道德的，他甚至在夢中也不會做的。也就是說，將他的一切放蕩，都當作他竭盡忠義的手段予以激賞，讓他不快，同時也感到內疚。

8 高尾，日本地名，位於京都。
9 島原，京都下京區的花街。
10 祇園，京都八阪神社前的花街。
11 內藏助遊樂期間自稱為「大石浮」。
12 加賀小調，流行於加賀（日本舊地名，在今石川縣西南部）的小曲。

內藏助這麼認為，就難怪他的「裝傻計」、「苦肉計」受到讚揚，他自己卻仍苦著臉。他意識到，在二度打擊之下，心中僅餘的春風，眼看著都刮跑了。最後只剩下反感的影子凜凜然擴大：對一切誤解反感，對自己沒有料到這些誤解的愚蠢反感。他的復仇之舉也好，他的同志也好，最後包括他自己在內，大概就這樣在自以為是的讚揚聲中傳於後代了吧——面對如此不愉快的事實，他把手伸向火勢略略變弱的火盆，避開傳右衛門的視線，發出一聲遺憾的歎息。

幾分鐘之後，大石內藏助藉口如廁離開。他獨自靠著簷廊柱子，眺望著庭院裡的青苔和石頭之間，已星星點點開了花的老寒梅。日色將暮，黃昏似乎早已從植物叢的竹影中擴展開來，但拉門裡頭仍舊談笑風生。他聽著，意識到一種自發產生的哀情，正慢慢地籠罩了自己。伴隨著這微微的梅花香氣，一種寂寞分明地滲透心底——這無可言喻的寂寞究竟來自何處？內藏助久久佇立，仰望著似是鑲嵌於藍天上的、清冷堅硬的花朵。

大正六年（一九一七）八月

附錄
芥川龍之介年表

一八九二年（出生）
三月一日出生於日本東京，是父親新原敏三的長子。因生於辰年辰月辰日辰時，取名龍之介。
十月，母親阿福精神病發作，無力看顧孩子，因此龍之介被送到位於本所區的外婆芥川家。養父芥川道章是母親的兄長，是當時東京府的土木課長。芥川家是士族家庭，文人氣息濃厚。

一八九七年（五歲）
入讀回向院旁邊的江東小學附屬幼稚園。

一八九八年（六歲）
四月，入讀位於本所六町的江東小學，體質偏弱，但學習成績優異。

一九〇二年（十歲）
四月，與野口真道等同學一起創辦傳閱雜誌《日出界》。喜愛讀書，對中國古典文學十分感興趣。

一九〇三年（十一歲）

生母去世後，父親與生母的妹妹、龍之介的小姨結婚。

一九〇四年（十二歲）

二月，日俄戰爭爆發。

因生父與繼母生下弟弟得二，新原家有了新的子嗣。

八月，生父廢除龍之介的長子繼承權，他入籍芥川家，正式被過繼為芥川家的養子。養母養父與大姨對龍之介都十分疼愛。

一九〇五年（十三歲）

從江東小學畢業，入讀位於本所柳原的東京府立第三中學。初中時代學業成績優秀，漢文尤其出色。熟讀尾崎紅葉、國木田獨步、夏目漱石、森鷗外等人的作品。在外國作家中，關注易卜生、阿納托爾・法朗士等人。當時最喜歡歷史學科，希望將來成為歷史學家。

一九一〇年（十八歲）

三月，從府立第三中學畢業。

九月，因成績優異免試入讀第一高等學校一部乙班（文科）。同年秋，芥川家移居新宿。

一九一一年（十九歲）

入住本鄉的一高學生宿舍，度過一年的宿舍生活。作為認真學習的高中生，文質彬彬，愛讀波特萊爾、史特林堡、阿納托爾．法朗士等人的作品。

一九一二年（二十歲）

一月，動筆寫《大川之水》，兩年後發表。

七月三十日，明治天皇駕崩，之後大正天皇即位（大正元年）。

一九一三年（二十一歲）

七月，在二十七人中以第二名的成績畢業於一高。

九月，入讀東京帝國大學英文系。

一九一四年（二十二歲）

二月，與豐島與志雄、久米正雄、菊池寬、山本有三、土屋文明等一起復刊《新思潮》同人雜誌（此為該雜誌第三次復刊）。並以「柳川龍之介」為筆名，在創刊號上發表翻譯的葉慈及阿納托爾．法朗士的作品。

與青山學院英文系的女生吉田彌生開始交往。

一九一五年（二十三歲）

年初，與吉田彌生的婚事遭到了家庭的強烈反對，芥川痛苦萬分。在給友人的信中寫道：「究竟有沒有無私的愛？」（一九一五年二月二十八日，致恒藤恭）

十一月，在《帝國文學》上發表〈羅生門〉，但當時沒有迴響。

十二月，經同學林原耕三介紹出席漱石山房的「星期四聚會」，其後入夏目漱石門下。

一九一六年（二十四歲）

二月，與久米正雄、菊池寬等一起復刊《新思潮》同人雜誌（此為第四次復刊），並在創刊號上發表〈鼻子〉，此作受到夏目漱石讚賞，成為出道文壇之作。

七月，畢業於東京帝國大學英文系。

九月，在《新小說》上發表〈芋粥〉，得到好評。此後，他陸續發表短篇小說。

十二月，到海軍機關學校做特約教官，月薪六十日圓。同月九日，老師夏目漱石去世。

一九一七年（二十五歲）

二月，對俳句產生興趣。

五月，第一部短篇小說集《羅生門》由阿蘭陀書房出版。

六月，谷崎潤一郎、久米正雄、鈴木三重吉等文壇中堅力量為《羅生門》舉辦了出版紀念會。

一九一八年（二十六歲）

二月二日，與塚本文結婚。

三月，成為大阪每日新聞社社友，月薪五十日圓，稿酬標準照舊，條件是只為此一家報紙撰稿。其間熱衷於研究俳句。

七月，在《大阪每日新聞》發表〈地獄變〉，春陽堂將小說集《鼻子》收入「新興文藝叢書」出版。

十月，在《新小說》上發表〈枯野抄〉。

一九一九年（二十七歲）

三月十六日，生父新原敏三患流感去世，享年六十八歲。

同月，從海軍機關學校辭職。成為大阪每日新聞社特約職員，無須上班可領取月薪一三〇日圓，每年專為該報社寫幾篇小說，不取稿費。

四月二十八日，從鎌倉再次搬回東京田端，與養父母住在一起。其在田端的書齋名為「我鬼窟」。

五月，與菊池寬一起遊長崎，尋訪基督教遺跡。

一九二〇年（二十八歲）

三月，長子出生，以「寬」字的萬葉假名取名為「比呂志」。春，在上野「清凌亭」結識時年十五歲的女招待佐多稻子。

十一月，與久米正雄、菊池寬、宇野浩二等人一起去京都、大阪演講旅行。
這一年，發表了〈南京的基督〉、〈杜子春〉、〈影〉等作品。

一九二一年（二十九歲）

三月，被大阪每日新聞社以海外觀察員的身分派往中國。從上海出發，一路遊覽了杭州、蘇州、揚州、南京和蕪湖，然後溯江而上至漢口，遊洞庭，訪長沙，經鄭州、洛陽前往北京。
七月底經朝鮮回國。這一年，發表了〈秋山圖〉、〈往生畫卷〉、〈上海遊記〉等。

一九二二年（三十歲）

四月，書齋改名為「澄江堂」。
四月二十五日至五月三十日，再遊長崎。
七月九日，文豪森鷗外去世。
十一月，次子多加志出生。此時他身體衰弱，飽受疾病折磨。這一年，發表了〈竹林中〉、〈斗車〉、〈六宮姫君〉等作品。

一九二三年（三十一歲）

一月，菊池寬創辦《文藝春秋》，頭版連載〈侏儒的話〉。
三—四月，到湯河原接受溫泉治療。

六月，有島武郎殉情，深受觸動。
八月，在山梨縣清光寺暑期大學做有關文藝的演講。
十月，經室生犀星介紹結識堀辰雄。
十二月，在《中央公論》上發表〈啊哈哈哈〉，文風轉變。

一九二四年（三十二歲）

一月，在《新潮》上發表〈一塊土地〉。
八月，在輕井澤避暑。
十月，岳父去世，所倚重的內弟塚本八洲亦患咯血。遭受痔瘡、神經衰弱等病的折磨，身體更加虛弱。

一九二五年（三十三歲）

四月，新潮社出版《現代小說全集》，《芥川龍之介》作為第一卷發行。在修善寺新井旅館接受溫泉治療。
七月，三子也寸志出生。
八月下旬至九月，赴輕井澤。
十月，受興文社所託，編輯《近代日本文藝讀本》全五卷完畢，但在收錄作品和稿酬分配上有分歧，耗費心力。
十一月，由改造社出版《中國遊記》。健康狀況惡化。

一九二六年（三十四歲）

一月，為治胃病、神經衰弱、痔瘡等疾病，待在湯河原至二月中旬。

四月，前往鵠沼，與妻子、兒子住在東屋旅館靜養。

一九二七年（三十五歲）

新年伊始，姊姊家失火，住宅被燒毀，因該宅購買了巨額保險，姊夫西川豐被懷疑為縱火犯，西川豐在苦惱中臥軌自殺。姊夫死後，芥川為姊姊家所欠高利貸四處奔波，致使神經衰弱更加嚴重。

四月開始，在《改造》上連載〈文藝的，過於文藝的〉一文，與谷崎潤一郎就「小說的思想」展開論戰。

七月二十四日，在田端的臥室裡服藥自殺。

他枕邊放著《聖經》和三封遺書（分別致妻子、孩子和菊池寬）以及〈致一位舊友的手記〉。

二十七日，在谷中火葬場舉行葬禮。

羅生門 / 芥川龍之介著；林青華譯 . -- 初版 . -- 臺北市：時報文化出版企業股份有限公司 , 2024.01
256 面；14.8×21 公分 . --（愛經典；76）
ISBN 978-626-374-829-3（精裝）

861.57 112022433

本書譯自日本岩波書店 1977 年版《芥川龍之介全集》

作家榜经典文库®

ISBN 978-626-374-829-3

Printed in Taiwan

愛經典 0076
羅生門

作者一芥川龍之介｜譯者一林青華｜編輯一邱淑鈴｜企畫一張瑋之｜封面設計一朱疋｜內頁設計一沐多思一林瑞霖｜校對一邱淑鈴｜總編輯一胡金倫｜董事長一趙政岷｜出版者一時報文化出版企業股份有限公司 108019 臺北市和平西路三段二四〇號四樓 發行專線一（〇二）二三〇六一六八四二 讀者服務專線一〇八〇〇一二三一一七〇五、（〇二）二三〇四一七一〇三 讀者服務傳真一（〇二）二三〇四一六八五八 郵撥一一九三四四七二四時報文化出版公司 信箱一10899 臺北華江橋郵局第 99 信箱 時報悅讀網一http://www.readingtimes.com.tw｜電子郵件信箱一new@readingtimes.com.tw｜法律顧問一理律法律事務所 陳長文律師、李念祖律師｜印刷一紘億印刷有限公司｜初版一刷一二〇二四年一月十九日｜定價一新台幣四二〇元｜（缺頁或破損的書，請寄回更換）

時報文化出版公司成立於一九七五年，並於一九九九年股票上櫃公開發行，於二〇〇八年脫離中時集團非屬旺中，以「尊重智慧與創意的文化事業」為信念。